書下ろし

壬生(みぶ)の淫(みだ)ら剣士

睦月影郎

祥伝社文庫

目次

第一章　男装美女と京へ旅を

一

「さあ、明日はいよいよ京へ着くぞ。血がたぎる思いだ」

風呂を終えた千香が新左に言い、寝巻姿で横になってきた。

相変わらずの男言葉だが、袴を脱ぎ髪を下ろしているので、見た目だけはどこぞのお姫様かと見紛うばかりの美女である。

江戸より冷えるので、すっかりこうして幼い姉弟のように一つの布団で身体をくっつけて寝る習慣が付いてしまった。

そして新左は、いつものように何も出来ないまま、千香の温もりと匂いに包まれて勃起しながら寝ることになるのである。

佐藤新左は十八歳、江戸の西、多摩の農家の三男坊。日野の名主、佐藤彦五郎の遠縁である。

実家が兄夫婦の子たちで手狭になったので、彦五郎の建てた天然理心流の剣術道場に寄宿して雑用をしていた。

もちろん稽古にも励んでいたが素質は至って平凡、目録（免許皆伝の下）どころか切り紙という初心者の段階である。

十九歳になる畑中千香は、八王子千人同心の家柄で長身、剣術の素質があり道場随一の腕を誇っていた。

二本差しの男装に身をやつし、いつか武芸で名を上げたいと願いつつ、女の身なので何ら印可はもらっていない。

しかし彼女の剣の腕は門弟随一。すでに目録以上、免許皆伝の域になっていると言えた。

とにかく千香の稽古は激しく、新左などは年中痣だらけにされて彼女を恐れていたのだった。

そんな千香から、京へ誘われたのである。

というのも昨年、文久三年（一八六三）の二月、彦五郎の義弟（妻の弟）である土方歳三が、同門で兄弟子の近藤勇らとともに浪士組に参加し、将軍警護のため京へ上ったのだった。

そして雑多な集まりであった浪士組は新選組と名乗りを上げ、他流派の連中を押しのけて我が天然理心流が組の中心となったと知り、もう千香は矢も楯も堪らず京へ行くことを決意したのである。

「な、なぜ私も一緒に……」

千香に誘われた新左は戸惑った。

「お前は、この田舎道場で一生下働きで終わって良いのか。それに新、お前は近藤先生やトシ様に可愛がられていた。新が一緒なら、局長になられた近藤先生も私を隊に入れてくれるだろう」

彼女は強引に誘い、彦五郎にも頼んで手形を用意してもらった。

かくて断り切れないまま、新左も武家髷に調え、彦五郎にもらった二本差しを帯び、旅支度をして故郷をあとにしたのだった。

日野を発ったのが十日前の払暁、文久四年が元治元年と改まった二月二十日。天下の大道たる東海道を行きたいと言う千香に従い、日本橋近くの宿で最初の泊まり。

東海道をひたすら上って品川で昼餉、さらに強行軍で馬入川を渡り、二日目の泊まりは平塚だった。

さすがに剛毅な千香も、如月（二月）の寒空に野宿とは言わなかったが、路銀の節約のため姉弟ということにして同じ部屋。

最初は布団も別々だったが、雪の残る箱根関所を越えた三島では、冷えてきたので、同じ布団に寝て温め合うようになった。

もちろん新左は、股間を熱くさせてなかなか寝つけなかった。

何しろ旅をするうち、千香への恐ろしさも薄れ、次第に女として見るようになってしまっていた。

特に好きな女はいないが、手すさびは日に二度三度としなければ治まらぬほど淫気は旺盛だった。それが、最も身近な女と旅をし、同じ部屋どころか同じ布団で寝ているのである。

千香の方はすぐにも寝息を立てていたが、新左は彼女の温もりとほのかな体臭、そして熱く湿り気ある甘酸っぱい息を嗅ぎながら、彼女を起こさぬよう、そっと手すさびしてしまったのだった。

今まで恐ろしかった千香も、寝顔は実に整って美しく、僅かに開いた口から洩れる熱い息は、果実のような刺激を含んで彼の淫気を高まらせた。

もちろん新左はまだ無垢であり、本当ならまだ見ぬ陰戸もこっそり覗いたり舐めたりしてみたいのだが、もし目覚めて気づかれたら、ただの折檻では済まないかも知れない。

何しろ彼女は、人を斬ることも厭わぬ決意で京に向かっているのである。

それでも、眠っている千香の間近で熱い精汁を放つのは、やけに刺激的で病みつきになるほど心地よかった。

浜松でも彼女が眠っている間に、果実臭の吐息を嗅いでこっそり昇り詰めた。

新居の関所では、手形も揃っているし、役人も新選組のことは聞き知っているのか、二人は難なく通過できた。中には千香を男と思い込み、兄弟の旅と思う役人もいたぐらいである。

さらに野洲川を渡り、九日目の今宵は守山だ。明夕には京へ着くだろうから、二人で過ごすのは最後になろう。

千香は何しろ頑健で疲れも見せぬ早足だが、新左も幼い頃からの農作業で足腰は弱い方ではなく、千香に引けを取らずに歩いてきた。

むしろ彼女は、明日が京と知ると、興奮と同時に今までの疲れが一気に出たように、

「新、足を踏んで。少しで良い」

布団にうつ伏せになって言った。

新左は立ち上がり、伸ばされた彼女の大きな足裏を踏んだ。

年中道場の硬い床を踏みしめ、今度も長く歩いてきたので肉刺もあり、新左は初めて触れた千香の肌の感触を足裏で嚙み締めた。

「ああ、気持ちいい……」

千香がうっとりと言い、新左は左右交互に体重をかけながら揉むように踏んでやった。

「もう良い、楽になった」

千香が言うので、新左も足を離して彼女の肩を揉んでやった。

「あう、お前も疲れているだろうに」

彼女は拒まず、うつ伏せのままじっとして言った。

「小さい頃から、よく祖父様やおっかさんの肩や腰を揉んでいましたので」

彼は答え、さすがに逞しい肩の筋肉を揉みほぐした。さらに背中を撫で、腰骨も指の腹で圧迫し、あまりに千香が心地よさそうにしているので、寝巻の裾をめくり脹ら脛も揉んでやった。

引き締まった肌の弾力と温もりに、いつしか彼自身は痛いほど突っ張ってしまっていた。

千香は眠ってしまったのか、反応がなくなったので、彼はさらに裾をめくり白い太腿まで覗こうとした。

「待て！」

千香がいきなり声を上げて仰向けになり、新左を押し倒し上から押さえつけてきたのである。

「私に淫気を向けるとは良い度胸。……お前、毎晩こっそり何をしていた」

「え……」

怖い眼で睨まれ、新左は何も答えられないでいた。

「うなされているかと思い気づいたが、すぐに静かになり、何やら股を拭いていたであろう。私が知らぬとでも思ったか」

「す、済みません……」

「あれが手すさびというものか。今も、このように突っ張っているな」

千香が言い、彼の裾を開くと、下帯がピンピンに突き立ったままだった。

恐ろしさに萎縮しても、一物だけは萎えなかった。むしろ新左はこのまま、美しい千香に何をされても良いような気持ちになり、うっとりしてしまったほどだった。

むろん千香もまだ無垢(むく)だろうが、男女の仕組みは知っているだろう。

「良い。無理に旅に誘ったのだから許す。お前の口利きで無事に私が新選組に入れれば、一人で日野へ帰って良いからな」

「は、はい……」

「お前と過ごすのも今宵(こよい)が最後だから、私の前でしてみろ」

千香は言うなり、彼の下帯を解き放ったのだった。

「ああ……」

新左は、勃起した一物を見られるという生まれて初めての羞恥(しゅうち)に声を震わせた。

「これが男のもの……。剣は弱いくせに、こんなに硬く大きく……」

千香も、初めて見る肉棒に熱い視線を注ぎ、恐る恐る指を這(は)わせてきた。

幹(みき)を撫で、張り詰めた亀頭にも触れた。

「あう、漏(も)れてしまいます……」

刺激に高まり、彼は鈴口から粘液を滲(にじ)ませながら呻(うめ)いた。

すると千香は指を離してくれた。

射精するところは見てみたいのだろうが、妖（あや）しい雰囲気に目が冴（さ）え、すっかり彼女も淫気を湧（わ）かせはじめてきたのだろう。

「お前も私の裾をめくっていたな。見たいのだろう」

千香は言い、手早く帯を解いて寝巻を脱ぎ去ってしまった。ふんわりと生ぬるく甘い匂いが漂い、新左が驚いている前で、彼女はゆっくりと布団に仰向けになり、大胆に裸体を晒（さら）したのだった。

二

「触れて良いぞ。京へ行けば明日をも知れぬ身となるのだ。だが最後まですることは許さぬ」

千香が言い、新左も布団に身を下ろして彼女の肢体（したい）を眺めた。

どうやら清い身体のまま死にたい願望があり、そのくせ淫気と好奇心は激しく湧き上がっているようだった。

さすがに肩と腕は逞しく、胸はそれほど豊かではないが、きつく巻かれた晒しの痕（あと）が痛々しかった。

乳首と乳輪は初々しい桜色で、腹は引き締まって筋肉が浮かび上がっていた。

太腿には荒縄をよじり合わせたような筋が走り、股間の茂みは淡かった。

そして湯上がりなのに、彼女本来の甘ったるい体臭が悩ましく立ち昇って、彼の興奮を高めてきた。

「あ、あの、ほんの少しだけ、お乳を吸っても構いませんか……」

恐る恐る訊くと、千香は嬉しいことを言ってくれた。

「良い。情交でなければ、好きにして構わぬ」

新左は屈み込み、チュッと乳首に吸い付いて舌で転がした。そして顔中を膨らみに押し付け、張りのある感触を味わった。

彼女は声を洩らすことなく、それでも少しだけ息を詰め、身構えるように肌を強ばらせた。

まるで声を洩らしたら負けとでも思っているように、頑なに唇を閉ざしていた。

もう片方の乳首も含んで舐め回し、千香の腕を差し上げて腋の下にも鼻を埋め込んだ。生ぬるく湿った和毛には、やはり甘ったるい汗の匂いが沁み付いて鼻腔を刺激した。

湯上がりでなければ、もっと濃厚に匂いが籠もっていただろう。新左は彼女のナマの匂いを欲したが、今でも充分すぎるほど一物は突き立っていた。

さらに肌を舐め降り、舌先で臍を探り、引き締まった腹部に顔を埋め込んで弾力を味わった。

そして腰から脚を舐め降りると、脛にはまばらな体毛があり、何とも野趣溢れる魅力が感じられた。足首まで行き、足裏にも舌を這わせ、太くしっかりした指の間に鼻を割り込ませると、微かに蒸れた匂いが沁み付いていた。

爪先にしゃぶり付いて、指の股に舌を挿し入れて味わうと、

「あう、何をする……」

千香が驚いたように呻いて言ったが、拒みはしなかった。

新左は全ての指の股をしゃぶり、もう片方の足も味と匂いを貪ってから、やがて彼女の股を開かせた。

脚の内側を舐め上げて腹這い、ムッチリした内腿をたどって股間に迫ると、熱気と湿り気が顔中を包み込んできた。

陰戸を見ると、割れ目からはみ出した花びらがヌラヌラと蜜汁に潤っていた。

やはり彼女も、相当な淫気を溜め込んでいたようだ。

あるいは毎晩一緒に身体を密着させて寝ながら、千香もまた妖しい気分を味わっていたのではないだろうか。

そっと指を当てて陰唇を左右に広げると、

「く……」

触れられた千香が小さく呻き、内腿を強ばらせた。

中は綺麗(きれい)な桃色の柔肉(やわにく)で、無垢な膣口が花弁状に襞(ひだ)を入り組ませて息づき、ポツンとした小さな尿口も確認できた。

そして包皮を押し上げるように、親指の先ほどもある大きなオサネが光沢を放ち、ツンと突き立っているではないか。

春画で陰戸を見たことはあるが、これほど大きなものではなかった。それが彼女の男っぽさの源のように思えた。

もう堪らず、新左は吸い寄せられるように顔を埋め込み、柔らかな恥毛(ちもう)に鼻を擦(す)りつけて熱気を嗅いだ。やはり腋と同じく、蒸れて甘ったるい汗の匂いが籠もっていた。

舌を挿し入れると、ヌメリは淡(あわ)い酸味を含み、新左は膣口の襞をクチュクチュと掻(か)き回し、ゆっくり味わいながら柔肉をたどって、大きなオサネまで舐め上げていった。

「アアッ……、新……」

千香がビクッと顔を仰け反らせて喘ぎ、内腿でキュッときつく彼の両頰を挟み付けてきた。

新左は腰を抱え込んでチロチロとオサネを舐め回し、乳首と同じようにチュッと吸い付いた。千香の息が熱く弾み、白い下腹がヒクヒクと波打ち、顔を挟む内腿に力が入った。

さらに彼は千香の両脚を浮かせ、白く丸い尻に迫った。

谷間の蕾は薄桃色で実に可憐。鼻を埋めて嗅ぐと、湯上がりの淡い汗の匂いが蒸れて籠もっているだけだった。

舌を這わせて息づく襞を濡らしてから、ヌルッと潜り込ませて滑らかな粘膜を探ると、

「く……、駄目……！」

千香が呻き、キュッと肛門できつく舌先を締め付けた。

新左が内部で舌を蠢かすと、鼻先にある陰戸からはトロトロと泉のように新たな淫水が溢れてきた。

ようやく脚を下ろすと彼は割れ目を舐め上げ、再びオサネに吸い付いた。

そして指を膣口に潜り込ませると、そのまま熱いヌメリに奥まで吸い込まれていった。

中は温かく濡れて息づき、締まりも良い。もしも一物を入れたらどんなに心地良いだろうと思った。

オサネを吸いながら指の腹で内壁を擦り続けると、

「あう、新、もっと強く……」

顔を仰け反らせていた千香が、いつしか一方の手で自らの乳房を揉み、指で乳首をつまみながら口走った。

新左も夢中になって吸い付き、オサネに舌を這わせ、指を出し入れするように突き動かすと、膣内の収縮が活発になってきた。

「い、いく……、アアッ……！」

千香が声を上ずらせて喘ぎ、たちまちガクガクと狂おしく腰を跳ね上げた。

同時に潮でも噴くように大量の淫水がほとばしり、彼の顔を濡らした。

どうやら気を遣ってしまったようだ。

なおも濃厚な愛撫を続けていると、やがて千香が引き締まった肌の強ばりを解き、グッタリと四肢を投げ出していった。

「し、新、もう良い……」

彼女が息も絶えだえになって言うと、新左もオサネを舐める舌を引っ込めた。

ヌルッと指も引き抜くと、

「あう……」

刺激に、千香が過敏に反応して呻いた。

指を見ると、攪拌されて白っぽく濁った淫水が大量にまとわりつき、指の腹は湯上がりのようにふやけてシワになって淫らに湯気さえ立てていた。

新左は股間から這い出し添い寝すると、千香が腕枕をしてキュッときつく抱きすくめてくれた。

「ああ、心地良かった……。自分でするより、何倍も……」

彼女が荒い息遣いで囁いた。どうやら千香も男と同じように、自分で手すさびすることがあるようだ。

そして千香は呼吸を整えながら、再び彼の一物を探ってきた。

「ああ……、姉上……」

新左は快感に喘いだ。

旅に出てから、旅籠(はたご)や関所で姉弟のふりをするためにそう呼んでいたが、今はその言葉が甘美(かんび)な悦(よろこ)びを与えてくれた。何しろ男兄弟ばかりで育ち、美しい姉に憧(あこが)れていたのである。

もっとも、恐ろしい千香を姉と呼ぶ日が来るとは夢にも思わなかったが。

「く、口吸いをしたいです……」

「駄目」

「ならば、唾(つば)を垂(た)らして……」

せがむと、千香も一物をいじりながら上から顔を寄せ、形良い唇をすぼめると口に溜めた唾液をトロリと吐き出してくれた。

喘ぎ続けて口中が渇いていたのか、あまり量は多くなかったが、白っぽく小泡の多い唾液を舌に受けて味わい、新左はうっとりと喉(のど)を潤した。

甘酸っぱい吐息も、渇きのために濃くなり、悩ましく鼻腔を刺激してきた。

「あ、姉上、いきそう……」

すっかり高まった彼が言うと、千香が指を離した。

「飲んでみたい」

「え……?」

「お前は、剣は私より弱いが、それでも男だ。精汁で力を付けたい」

彼女は言うなり身を起こし、新左を大股開きにさせて真ん中に腹這い、股間に顔を寄せてきたのだ。

「ああ……」

新左は間近に見られ、熱い視線と息を感じながら喘いだ。

まだ触れられていないのに、飲んでみたいという言葉だけで、今にも暴発しそうなほどになってしまった。

三

「新、こうして。私もされて心地良かったので……」

千香が言うなり、仰向けの新左の両脚を浮かせて尻に顔を迫らせた。

そして心の準備も整わぬうち、彼女がチロチロと尻の谷間を舐め回してくれたのである。

しかも新左がしたように、ヌルッと舌を潜り込ませてきたのだ。

「あう……、い、いけません……」

新左は畏れ多いような快感に呻き、思わずキュッと肛門で千香の舌先を締め付けた。

彼女が熱い鼻息でふぐりをくすぐりながら、中で舌を蠢かせると、内側から刺激されたように、勃起した一物がヒクヒクと上下した。

やがて脚を下ろすと、千香はそのままふぐりに舌を這わせ、二つの睾丸を転がし、生温かな唾液で袋全体を心地良くまみれさせてくれた。

そして千香はいよいよ身を乗り出し、肉棒の裏側を舌で滑らかに舐め上げてきたのだ。

湿った長い黒髪がサラリと彼の股間を覆い、内部に熱い息が籠もった。

先端まで来ると千香は幹に指を添えて支え、粘液が滲んでいるのも厭わずに、チロチロと鈴口を舐め回してくれた。

「アア……」

新左は夢のような快感に喘ぎ、少しでも長くこの心地を味わっていたくて、懸命に肛門を引き締めて暴発を堪えた。

千香は張り詰めた亀頭にしゃぶり付き、丸く開いた口でスッポリと喉の奥まで呑み込んでいった。

薄寒い部屋の中、快楽の中心部のみが温かな口腔に包み込まれ、彼がヒクヒクと一物を震わせるたび、敏感な部分が舌に触れた。

彼女は幹を締め付けて吸い、熱い鼻息で恥毛をそよがせ、口の中でクチュクチュと舌をからめてきた。

たちまち一物は女丈夫の温かく清らかな唾液にまみれ、彼は急激に絶頂を迫らせていった。

恐る恐る股間を見ると、美貌の女剣士が上気した頬をすぼめて吸い、夢中になって一物にしゃぶり付いていた。

彼が思わずズンズンと腰を突き上げると、

「ンン……」

喉の奥を突かれた千香が小さく呻き、新たな唾液をたっぷり出しながら、合わせて小刻みに顔を上下させてくれた。濡れた口がスポスポと強烈な摩擦を繰り返し、たちまち新左は昇り詰めてしまった。

「あ、姉上、いく……、アアッ……！」

突き上がる大きな絶頂の快感に喘ぐと同時に、熱い大量の精汁がドクンドクンと勢いよくほとばしり、彼女の喉の奥を直撃した。

「ク……」

千香が噴出を受けて呻き、それでも強烈な摩擦と吸引、滑らかな舌の蠢きは続けてくれた。

「あう、気持ちいい……」

新左は畏れ多い快感に震えながら、美女の清らかな口を汚すという禁断の興奮に包まれて射精した。一体、門弟の誰が、女丈夫の口に精汁を放つなど想像するだろう。

しかも千香はなおも吸い付くので、脈打つ調子が無視され、何やらふぐりから直に吸い取られているような快感に思わず腰が浮いた。

新左は、魂まで抜かれるような心地で、とうとう最後の一滴まで出し尽くしてしまった。

「ああ……」

すっかり満足しながら声を洩らし、グッタリと身を投げ出すと、千香も吸引と摩擦を止め、亀頭を含んだまま口に溜まった精汁をゴクリと一息に飲み干してくれたのだった。

「く……」

彼女の喉が鳴ると同時に口腔がキュッと締まり、新左は駄目押しの快感に呻いた。ようやく千香もスポンと口を離し、なおも余りをしごくように幹を擦り、鈴口に脹らむ白濁の雫を少し嗅いで、ペロペロと舌を這わせて綺麗にしてくれたのだった。

「あうう……、も、もういいです、有難うございました……」

彼は腰をよじり、ヒクヒクと過敏に幹を震わせながら降参するように言った。

千香は、自分でするよりずっと良いと言っていたが、新左もまた同じ思いだった。この快楽は手すさびの何百倍だろうかと思った。

しかも手すさびと違い、自分で空しく処理せずとも、彼女が舐めて綺麗にしてくれたのだ。これは何とも贅沢な悦びだった。

すると、やっと千香も舌を引っ込め、掻巻を掛けながら添い寝してきた。

甘えるように腕枕してもらい、温もりに包まれながら新左は荒い息遣いを整えたが、いつまでも激しい動悸が治まらなかった。

「生臭いが、嫌ではない。お前も心地よかったか……」

「はい、溶けてしまいそうなほどに……」

彼は答え、千香の熱く湿り気ある吐息を嗅ぎながら余韻を味わった。

千香の息に精汁の生臭さは残っておらず、さっきと同じ甘酸っぱい濃厚な果実臭が含まれていた。

やがて千香も気が落ち着き寝息を立てはじめ、新左も興奮で眠れないかと思ったが、心地良い疲れから、深い睡りに落ちていったのだった。

四

「さあ、行くぞ。京までもう一息だ」

翌朝、香々と湯漬けで朝餉を済ませると千香が言った。

長い黒髪を眉が吊り上がるほど後ろで引っ詰め、胸には晒しを巻いて乳房を押しつぶすと裁着袴に大小を帯び、草鞋を履いて普段の彼女に戻った。

千香は昨夜のことなどおくびにも出さないが、新左は思い出すたび胸がときめき股間が熱くなってしまった。

(舐めて気を遣らせ、しかも精汁を飲んでもらったんだ……)

そう思うと否応なく勃起しそうになった。

二人は、暗いうちに宿を出て西へ向かった。

日が昇りはじめると、行き過ぎる宿場も活気を帯び、多くの人が行き交うようになった。

今までは、ひたすら早足に旅を進めてきたので、景色を見る余裕などなかったが、商家の佇まいや人々の言葉に、西国に来た思いが強くなってきた。

そして明るいうちに二人は、三条大橋に辿り着いた。

さすがに京は活気があり、二人は人に尋ねながら四条通の南、堀川通の西にある壬生へやって来た。

「確かこのあたりだが……。あった」

日が傾きかけた頃、ようやく『新選組屯所』と書かれた立派な長屋門、隊が寄宿している土地の郷士、前川邸に着いた。

「何かご用か」

いきなり声をかけられた。振り返ると、精悍で眉の濃い男が不審げに二人を見ている。浅葱色に染めた段だら羽織、彼の後ろにも数人の同じ衣装の隊士がいた。

どうやら見回りから戻ってきたところらしい。

「私たちは日野から来ました」

「日野？　すると土方さんの？」

「そうです。私は畑中千香、これは弟分の佐藤新左」

千香が言うと、男は警戒を解いて他の連中を先に屯所に戻した。

「土方さんならここじゃなく、奥にある八木家の屋敷だ。いま取り次いであげよう。私は副長助勤の斎藤一」

「有難うございます」

二人は礼を言い、案内してくれる一に従った。

一が歩きながら訊いてきた。

「しんざとはどんな字かね」

「新たな左です」

「そう、永倉さんと原田さんの名を合わせたようだね」

一が気さくに言う。永倉新八と原田左之助は、江戸にある近藤勇の道場、試衛館に寄宿していたので新左も名は知っているが、二人と直接の面識はない。

そして三人が八木邸に行くと、見知った若い男が現れた。

「あれえ、まさか、千香さんと新左君？」

「まあ、沖田さん、良かった」

若者が言うと、千香と新左は顔を輝かせた。

沖田総司(そうじ)は、試衛館から日野の佐藤道場へ出稽古に来ていたので、二人はよく知っていた。

総司は少々顔色が悪いが、いつも笑みを絶やさない。まだ二十一歳だが、すでに免許皆伝者。

天然理心流の四代目宗家(そうけ)である近藤勇と、佐藤道場の塾頭だった土方歳三、そしてこの総司の三人だけは、いかに千香が頑張って剣を振るっても勝てない相手であった。

「沖田君、お知り合いなら土方さんに取り次いでくれ。私は戻るから」

一が言って前川邸に戻るようなので、二人は頭を下げた。

「じゃ、入ってください」

総司が言い、新左と千香も立派な屋敷構えの八木邸に入っていった。

座敷に通されると、少し待つうちに土方歳三が入ってきた。

「どうしたのだ、一体。用なら手紙でも寄越(よこ)せば良いのに」

歳三が無愛想(ぶあいそう)に言ったが、これはいつものことである。

このとき歳三は三十歳。

「手紙だと断られると思ったし、それより早く来たくて」

「まさか、隊に入りたいなどと言うのではなかろうな」

「はい、そのつもりで来ました」

千香が勢い込んで言うと、歳三は口をへの字にして新左を見た。

「新、お前もか」

彼が訊くと、代わりに千香が答えた。

「新には付き添ってもらっただけですので」

「女を隊に入れるわけにはゆかぬし、今宵も泊められぬ」

歳三はにべもなく言い、西日の射す障子を見た。

「近くの小間物屋が、女所帯だから心細いと言っていた。そこへ泊めてもらうと良い。そして明日にも日野へ戻るのだ」

「そんな……」

千香はなおも身を乗り出したが、新左にしてみれば、彼女がそうしてくれたら嬉しいと思った。

何も女が危険な京にいることはないし、帰りの旅でまた良いことが起きるかも知れないのだ。

だが千香が、すんなり帰るとも思えなかった。

この時期、新選組は完全に近藤と土方のものになった。

以前は、近藤の他に二人、芹沢鴨(せりざわかも)、新見錦(にいみにしき)という局長がいた。

しかし二人は——特に芹沢鴨は、酒癖が悪く、あちこちで新選組の評判を落としていた。隊を預かる会津中将(あいづちゆうじょう)、松平容保(まつだいらかたもり)から注意され、試衛館一党で芹沢他、その一派を暗殺し一掃(いっそう)したのである。

そして隊員を増やし規律も厳しくなり、長州(ちょうしゅう)の間者(かんじゃ)と思われる隊士の粛清(しゅくせい)も行われた。

そんな折り、さらに隊を大きくしようと近藤・土方が躍起(やっき)になっている頃だから、親戚筋や女などを入れる余裕はなかったのだ。

やがて歳三は、話を変えて新左に言った。

「義兄(あに)夫婦は元気にしているか」

「はい、彦五郎さんもおのぶさんもお元気です。私たちに手形と路銀(ろぎん)をくれました。この刀まで」

「そうか」

歳三は言い、少しの間、姉夫婦の顔を思い浮かべたようだ。

「総司」

彼が呼ぶと、すぐに総司がやって来た。

「何でしょう。二人の段だら羽織を揃えるんですか」

「莫迦、そうじゃない。堀川屋へ行って、二人を泊めてくれるよう頼んでくれ」

歳三が言い、懐中から出した二分銀を総司に渡した。

「分かりました。じゃ、暮れないうちに行きましょうか」

総司が言うと新左も、今日はこれで、というふうに千香を促した。

千香も渋々立ち上がり、歳三に辞儀をして部屋を出た。

「まあ、新選組に入らなくても、お手伝いすることは山ほどありますよ」

総司が言う。どうやら廊下で話を聞いていたらしい。

八木邸を出て少し歩いたところに、堀川屋という小間物屋があり、ちょうど店を閉めようとしていたところだった。

「お多恵さん」

総司が声をかけると、まだ四十前の女将らしい女が暖簾を手に振り返った。

「沖田はん、そのお二人は？」

「江戸から出てきた知り合いなのですが、空いている部屋に泊めてもらいたいのですが。これ、土方さんから」

「まあ、そんな……」

　金を渡そうとすると、多恵と呼ばれた女将は返そうとしてきた。

「いいえ、いつもお世話になっていますし。この二人は剣の達者ですからね、用心棒に良いと思いますよ」

「それならなおさら、お金なんか要りまへん。お世話させて頂きます」

「まあ、そう言わずに。じゃお願いします」

　総司は彼女の袂に金を入れ、笑みを向けて引き上げていった。

「どうぞ、お入りください。小梅、ちょっとお部屋の仕度を」

　そう言って、多恵は二人を中に招き入れた。

　すると十七、八ばかりの愛くるしい娘が出てきて二人に挨拶をし、また客間に戻っていった。

　二人が玄関の盥で足を洗って座敷に通されると、厨ではもう一人、二十半ばほどの女が夕餉の仕度をしていた。

　住んでいるのはこの三人だけで、あとは通いの奉公人が何人かいるらしい。

「まあ、ご姉弟さんどすか。それにしても美しいお姿」

多恵は茶を淹れてくれながら、千香の美貌に見惚れたように言った。

女将の多恵は後家で三十九歳、看板娘の小梅は新左と同い年の十八ということだった。

奉公人で二十五になる静乃は、江戸から嫁ぎ、乳飲み子とともに住み込みで働いており、夫は大坂へ行商に行っているようだ。

皆気さくで、快く二人を迎えてくれた。

前から新選組の面々が店に出入りし、用心棒に誰か住んでくれと頼んでいたのだろう。それに新左と千香が、姉弟と聞いて安心感を持ったようだった。

やがて夕餉を頂く頃には日が暮れ、部屋に行燈が灯された。

暗くなると実に静かで、外の道は人通りもなく、たまに犬の遠吠えが聞こえるだけである。

「明日、朝風呂のお湯屋へご案内しますので、今夜はご辛抱を。それから赤ん坊が夜泣きすることもあるので、それもご容赦ください」

蛤の吸い物と干物の食事を済ませると多恵が言い、二人は厠を借りてから、床の敷き延べられた奥の客間に入った。

行燈が点けられ、寝巻も用意されていた。

とにかく二人は着替えたが、疲ればかりではなく、さすがに千香は少々落ち込んでいるようだ。

「まあ千香さんも、土方さんがすんなり応じるとは思っていなかったでしょう」

「ああ、だが沖田さんが味方になってくれそうだ。隊には入れなくても、何らかの手伝いをしたい」

「ええ、明日また頼んでみましょう」

新左が言い、千香が横になったので彼は行燈の灯を消そうとした。

「新、また気持ちが高ぶっている。昨夜と同じことをしたい……」

いきなり千香が言うので、新左も消すのを止め、彼女ににじり寄っていった。

彼もまた、こうして二人きりの夜を過ごせることに、激しく勃起していたのである。

五

「どうか大きな声を洩らしませんように」

「ああ、分かっている」

二人は全裸になって横たわり、新左が囁くと千香も応えた。彼は、また甘えるように腕枕してもらい、生ぬるく湿った和毛に鼻を埋めて嗅いだ。丸一日動いて沁み付いた汗の匂いが、何とも甘ったるく籠もり、悩ましく新左の鼻腔を掻き回してきた。

(ああ、これが本当の女の匂い……)

彼は思い、湯上がりの昨夜には感じられなかった濃厚な体臭に噎せ返った。

胸に沁み渡る刺激が、直に股間に伝わってくるようだ。

執拗に嗅ぎながら、目の前で息づく乳房に手を這わせ、指の腹でクリクリと乳首をいじると、

「ク……」

千香が息を詰めて小さく呻き、身構えるように逞しい全身を強ばらせた。

体臭で胸を満たしてからチュッと乳首に吸い付くと、千香も仰向けになって息を弾ませた。

コリコリと硬くなった乳首を舌で転がし、もう片方も含んで舐め回すと、千香は少しもじっとしていられないように、クネクネと身悶えた。

昨夜のように我慢することはせず、なまじ快楽を知ったため、それを求めて全

身が期待に息づいているようだった。

やがて新左は、千香の引き締まった肌を舐め降りていった。

腰の丸みをたどって脚を舐め降り、足裏に顔を押し付けて指の股に鼻を割り込ませると、上がる時に軽く盥で濯(すす)いで拭いただけなので、そこにはまだ蒸れた匂いが沁み付いていた。

新左は残る匂いを貪り、爪先にしゃぶり付いて汗と脂の湿り気を舐め回した。

「あう……」

千香が呻き、ビクリと脚を震わせた。

新左は両足とも味と匂いを堪能(たんのう)し尽くしてから、彼女の股を開かせ脚の内側を舐め上げていった。

ムッチリと張り詰めた内腿をたどり、陰戸に迫るとそこは昨夜以上に、悩ましい匂いを含んだ熱気と湿り気が籠もり、彼の顔を包み込んできた。

指で陰唇を広げて見ると、大きなオサネがツンと勃起して光沢を放ち、息づく膣口の襞がネットリと蜜汁にまみれていた。

茂みの丘に鼻を埋め込んで嗅ぐと、生ぬるく甘ったるい汗の匂いに混じり、昨夜は感じられなかったゆばりの濃厚な刺激が、悩ましく彼の鼻腔を掻き回してきた。

（アア、これが女の匂い……）

新左は感激と興奮に包まれながら胸を満たし、舌を這わせていった。

ヌメリの量は昨夜よりずっと多く、淡い酸味の淫水を舐め回すと、すぐにも舌の動きが滑らかになった。

彼は匂いで鼻腔を刺激されながら、膣口の襞を掻き回し、大きなオサネまでゆっくり舐め上げていった。

「ああ……！」

千香が熱く喘ぎ、慌てて口を結んで声を殺しながら、内腿でキュッときつく彼の両頬を挟み付けてきた。

新左は味と匂いを貪ってから、彼女の両脚を浮かせて尻の谷間に鼻を埋め込んでいった。桃色の蕾には、蒸れた汗の匂いに混じって生々しい微香も感じられ、嗅ぐたびに鼻腔が悩ましく刺激された。

鬼神のように強く美しい千香でも、ちゃんと普通の人と同じく大小の排泄(はいせつ)をするというのが、何やら大きな秘密でも知ったような気になった。

充分に嗅いでから舌を這わせて息づく襞を濡らし、ヌルッと潜り込ませて粘膜

を探ると、

「く……、そ、そこは良い……」

千香は呻きながら、モグモグと小刻みに肛門で舌先を締め付けてきた。

新左は執拗に舌を蠢かせ、淡く甘苦い粘膜を舐め回し、ようやく脚を下ろして再び陰戸に戻っていった。

大洪水になっている蜜汁をすすり、オサネに吸い付きながらチロチロと舌を這わせ、さらに指を無垢な膣口に挿し入れて内壁を擦った。

「そ、それ、いい……」

千香が口を押さえながら言い、片方の手では自らの乳房を揉み、乳首をつまんで動かしていた。

新左も腹這いのまま激しく勃起し、執拗にオサネを愛撫し、指の腹で膣内の天井にある膨らみを圧迫してやった。

「アア……！」

千香が喘ぎ、さらに強い愛撫をせがむように股間を突き上げ、白い下腹をヒクヒクと波打たせた。膣内の収縮が活発になり、新左にも彼女の絶頂が近いことが分かった。

舌の動きは、あれこれ上下左右に動かしたり吸ったりするより、一定の調子で舐めている方が良いことも自然にわかった。

すると彼女の全身が反り返って硬直し、熱い息遣いが止まった。

「あう、いく……！」

上ずった声が洩れると彼女は必死に口を押さえ、そのままガクガクと狂おしい痙攣（けいれん）を開始し、気を遣ってしまったようだ。

大量の淫水が噴出し、新左は布団にシミを作らぬよう懸命にすすった。

「も、もう良い……」

腰をくねらせながら千香が言い、手で彼の顔を押しやった。

ようやく新左も股間から這い出して添い寝し、荒い息遣いを繰り返し、ヒクヒクと震えている彼女が自分を取り戻すのを待った。

「ああ、気持ち良かった……」

やや呼吸が整ってくると千香が言い、彼に腕枕してくれ、一物に指を這わせはじめた。

千香の口に鼻を押し付けると唾液の湿り気が感じられ、燃えるように熱い吐息が濃厚な果実臭を含んで彼の鼻腔を悩ましく刺激してきた。

千香もニギニギと肉棒を愛撫し、彼自身はほんのり汗ばんだ手のひらの中でムクムクと最大限に屹立（きつりつ）していった。

「唾を……」

囁くと、千香が上から顔を寄せて唇をすぼめ、トロリと唾液を吐き出してくれた。本当は口吸いをして舌をからめたいのだが、こうして距離を置いて垂らしてもらうのも興奮した。

小泡の多い生温かな唾液を舌に受けて味わい、うっとりと喉を潤した。

そして甘酸っぱい吐息を嗅ぐたびに快感が高まり、彼女の手の中でヒクヒクと幹が震えた。

「い、いきそう……」

新左が言うと、千香が身を起こして一物に顔を寄せてきた。今宵も飲んでくれるらしい。

「顔に跨（また）がって……」

彼が言うと、千香も顔に跨がって女上位の二つ巴（どもえ）の体位になり、先端に舌を這わせはじめてくれた。

「あう……」

新左は快感に呻きながら、下から陰戸に舌を這わせてヌメリをすすった。すると目の上にある尻の谷間の蕾がキュッキュッと収縮し、彼女が腰をよじった。

「舐めなくて良い……」

千香が、集中できないというふうに言うので、新左は舌を引っ込め、彼女の股間を見上げるだけにした。

すると張り詰めた亀頭が含まれ、そのまま彼女はモグモグとたぐるように根元まで呑み込み、熱い鼻息でふぐりをくすぐった。

生温かく濡れた口腔に深々と呑み込まれ、新左は身を震わせて快感を高めた。

「ンン……」

千香も熱く鼻を鳴らして舌をからめ、顔を小刻みに上下させると、濡れた口でスポスポと強烈な摩擦を開始してくれた。

新左の腹には柔らかな乳房が密着して温もりが伝わり、彼もズンズンと股間を突き上げて急激に絶頂を迫らせていった。

肉棒の全体は美女の温かな唾液にまみれ、彼女も興奮しているのか、見上げる陰戸が息づいて、ツツーッと淫水が糸を引いて滴(したた)ってきた。

それを舌に受けて味わうと、堪らずに彼は茂みに鼻を埋め込んで嗅ぎ、生ぬるく蒸れた汗とゆばりの匂いで鼻腔を刺激されながら、とうとう昇り詰めてしまったのだった。

「く……！」

絶頂の快感に呻き、彼はありったけの熱い精汁をドクンドクンと勢いよくほとばしらせた。

「ウ……」

喉の奥を直撃された千香が小さく呻き、なおも摩擦と吸引を続けてくれた。

新左は快感に身を震わせながら、脈打つように何度となく精汁を飛ばし、美女の口を汚すという禁断の悦びに包まれ、心置きなく最後の一滴まで出し尽くしていった。

「ああ……」

すっかり満足して声を洩らし、彼がグッタリと四肢を投げ出すと、千香も摩擦を止めてくれた。

そして亀頭を含んだまま、口に溜まった精汁をゴクリと飲み干すと、ようやく口を離して幹をしごき、鈴口に脹らむ白濁の雫まで丁寧に舐め取ってくれたのだった。

「あうう、どうか、もう……」

新左は過敏に幹を震わせながら呻き、腰をよじった。

千香も舌を引っ込めて身を起こすと、行燈の灯をフッと吹き消し、掻巻を掛けて添い寝してきた。

最近は、全裸で寄り添って寝るのが温かいことを知ったのである。

「気持ち良かったか」

「ええ、とても……」

千香の囁きに、新左は荒い息遣いを繰り返して答え、彼女の温もりに包まれながら余韻に浸り込んでいった。

甘酸っぱい濃厚な吐息を嗅ぐと、また興奮と淫気が甦ってしまいそうだが、やがて千香が寝息を立てはじめると、新左も目を閉じた。

日野を発つ時は億劫で気が重かったが、今まで恐かった千香とこんなに懇ろになれたので、本当に一緒に来て良かったと思った。

もちろん騒然となりつつある京で、そういつまでも安穏なことは言っていられないだろうし、千香は諦めず明日も屯所へ行くことだろう。

先のことを思うと不安になったが、間もなく新左も旅の疲れから深い睡りに落ちていった。

烏の声に目を覚ますと、もう空が白みかけていた。

千香も目を覚ましたようで、新左は寝起きでさらに濃厚になった彼女の吐息を嗅いで、朝立ちの勢いも手伝い、激しい淫気を催してしまった。

しかし彼女は布団の温もりになど未練はないようで、身を起こすと手早く支度を調えはじめた。

仕方なく、新左も起きて身繕いしたのだった。

第二章　京女の熟れ肌で大人に

一

「新左はんも、新選組に？」

女将の多恵が訊いてきた。

店を開けると、娘の小梅と、住み込みの奉公人である静乃、さらに通いの奉公人たちに店を任せ、多恵は厨で昼餉の仕度をしていた。

たまに多恵は、座敷で寝ている静乃の赤ん坊の様子も見に行っていたが、よく眠っているらしい。

千香は朝湯を終えてから一人で外出した。まずは味方になってくれそうな総司に会いに行ったようだった。

「いえ、昨日土方さんに断られたばかりですから、どうなるか……」

新左は答えた。

朝湯を済ませて戻ったばかりである。千香に同行しようとしたら、彼女は一人で行くと言って出ていってしまった。

「そうどすか。お二人には、ずっとここにおってもらいたいんどす。最近は荒くれ浪士が横行して、京の街も物騒で」

「私は、姉上と違って剣は弱いのです」

「そないな、ご謙遜を。華奢な沖田はんだって、剣術指南役ということやし」

多恵は言いながら、甲斐甲斐しく野菜を刻み、鍋に入れていた。

「さ、これで半刻（約一時間）ほど手が空きます」

彼女が言って手を拭いた。もう昼の間、店のものが交代で昼餉を取るまで、母屋には誰も来ないのだろう。

恐らく千香も、総司と一緒に昼ぐらい済ませてから戻るのではないか。

「お洗濯ものがあれば出してくださいませ」

「いえ、あとで井戸端をお借りして自分でしますので」

「そないな、お二人はお客様なんどすから」

多恵が客間に行き、新左も好意に甘えて荷の中から旅の汚れ物を出したが、千香の荷は勝手に解くのを控えた。

「いま穿いてる下帯もどうぞ。どうせ今日はどこへも出まへんやろう？」

彼女が言って新左に迫ってきた。

「いや、どうか、大丈夫ですので……」

新左は、多恵から漂う甘ったるい体臭に戸惑いながら言ったが、彼女は笑みを含んで迫ってきた。

「さあ、世話を焼かさんと」

からかうように彼を追い回しながら、隅に畳まれていた布団に新左を仰向けに押し倒してしまった。

「さ、観念おし」

多恵は言って、湯屋から戻ったばかりの着流しの裾を左右に開き、強引に手早く下帯を取り去ってしまった。

すると、最前から彼女の甘い匂いに反応していた一物が、ぶるんと弾かれるように屹立して露わになったのだ。

「ま、大きい……」

多恵が熱い視線を注いで息を呑んだ。

「やっぱり、お姉さんとの旅でずっと我慢なさっとったんでしょう」

彼女は、恐らく新左の淫気が溜まりに溜まっていることを予想し、この戯れに及んだようだった。

そして多恵も、後家になって数年、満たされない思いが続いているのだろう。

新左は、勃起した一物を見られてしまったら、もう力が抜けて避けたり拒んだりする気も失せて身を投げ出していた。

「新左はんは、まだ女を知れへんのですね？」

「ええ……」

訊かれて、彼は小さく答えた。

確かに千香と、舐め合って気を遣る悦びは知っているが、まだ挿入していないのだから無垢と言っても嘘ではないだろう。

「新左はんの初物、頂いてもよろしおすか」

多恵が言ったが、もう激しく勃起しているのだから答えは分かりきっているのだろう。

「全部脱ぐわけにいかしまへんけれど、入れるだけなら」

多恵は言って身を起こすなり、裾をめくって白くムッチリした脚を、付け根の方まで露わにしてきたのである。

「さ、身を起こして、私が導いて差し上げますから」

多恵が言い、手早く布団を敷き延べ、横になろうとしたが、新左は仰向けのまま彼女の手を引いた。

「どうか、陰戸を見てみたいので、顔に跨がってください」

羞恥を堪え思い切って言うと、多恵が目を丸くした。

「そ、そないな、初めてなら見たいのも分かりますけど、お武家はんのお顔を跨ぐなんて……」

はんなりした多恵の京言葉が興奮をそそり、

「どうか、お願いします。それが初めての時の願いなのですから」

新左は言いながら引っ張って顔に跨がらせてしまった。自分は武家ではないが、ここで細かな素性を言うこともない。

「アア……、恥ずかしくて死にそうやわ……」

多恵が声を震わせながら、引っ張られるままとうとう彼の顔の左右に足を置き、厠に入ったように裾をからげてしゃがみ込んだ。

白く肉づきの良い脚が、さらにムッチリと量感を増し、熟れ肌から発せられる熱気が彼の顔中を包み込んだ。

豊満で丸みを帯びた割れ目が鼻先に迫ると、彼は真下から目を凝らして京女の陰戸を見上げた。

　ふっくらした丘には黒々と艶のある恥毛が情熱的に濃く茂り、割れ目からはみ出した桃色の花びらは、しっとりと蜜に潤っていた。

　そっと指を当てて陰唇を左右に広げようとすると、ヌルッと滑ってしまい、少し奥に当て直して開いた。

　すると、かつて小梅が生まれ出てきた膣口が妖しく息づき、千香ほど大きくはないが小指の先ほどもあるオサネが、光沢を放ってツンと突き立っていた。

「ああ、そんなに見んといて……」

　多恵が、真下からの熱い視線と息を感じて声を震わせた。

　新左も堪らず、豊かな腰を引き寄せて陰戸に鼻と口を埋め込んでいった。

　柔らかな恥毛の隅々には、やはり生温かく蒸れた汗とゆばりの匂いが馥郁と籠もり、彼の鼻腔を悩ましく刺激してきた。

　胸を満たして嗅ぎながら舌を挿し入れると、淡い酸味のヌメリが感じられ、彼は息づく膣口をクチュクチュ掻き回してから、ゆっくりと柔肉をたどってオサネまで舐め上げていった。

「あう、い、いけまへん……、そんなところ舐めたら……」

多恵は驚いたように言い、思わずギュッと座り込みそうになるのを、彼の顔の左右で懸命に両足を踏ん張って堪えた。

チロチロと舌先で弾くようにオサネを舐めると、ヌメリの量が格段に増してきた。

自分のような未熟者の愛撫で、大人(おとな)の女が喘いで濡れるとは、やはりオサネというのは重要な部分なのだろう。

新左は熟れた美女の味と匂いを堪能してから、白く豊満な尻の真下にも潜り込んでいった。

谷間には、やはり可憐な薄桃色の蕾がひっそり閉じられ、見られて恥じらうようにキュッと引き締まった。

鼻を埋め込んで嗅ぐと、顔中に弾力ある双丘がムッチリと密着し、蕾に籠もる蒸れた匂いが悩ましく鼻腔を刺激してきた。

充分に嗅いでからチロチロとくすぐるように舌を這わせ、襞を濡らしてヌルッと潜り込ませると、

「ヒッ……！　な、何をなさいます……」

多恵が驚いたように息を呑み、キュッと肛門できつく舌先を締め付けた。

新左は腰を抱え込んでしっかり押さえながら、内部で舌を蠢かせ、滑らかな粘膜を探った。

「あうう、堪忍……」

多恵が呻き、もうしゃがみ込んでいられないようで、彼の顔の左右に両膝を突いた。彼も舌を引き抜き、蜜汁が大洪水になっている陰戸に戻ってオサネに吸い付いた。

「アア……、駄目……！」

彼女はビクッと反応して喘ぎ、そのまま布団に横になってしまった。

どうやら男に触れられたのが久々というよりも、前も後ろも念入りに舐められたことなど今までなかったのかも知れない。

新左は身を起こし、彼女の足袋を両足とも脱がせ、指の間に鼻を割り込ませて嗅いだ。やはり朝から働き、昨夜は入浴もしていないようだから、汗と脂の湿り気と、蒸れた匂いが濃く沁み付いていた。

新左は美女の足の匂いで胸をいっぱいに満たし、爪先にしゃぶり付いて全ての指の股に舌を挿し入れて味わった。

「あう……！」

多恵は朦朧（もうろう）としながら呻き、指を縮めた。そして股間を庇（かば）うように横向きになって身体を丸めた。

彼は両足とも、味も匂いも薄れるほど貪り尽くしてから、多恵を仰向けにさせて股を開いていったのだった。

二

「いいですか、入れても……」

新左は、股間を進めながら言った。本当は茶臼（ちゃうす）（女上位）で筆下ろししたかったし、挿入の前には一物をしゃぶって欲しかったのだが、多恵はすっかり正体を失くして放心状態だった。

「い、入れて……」

すると多恵も、薄目を開けて答えた。

舐められる刺激と羞恥より、挿入される方がずっと気が楽で、それこそ彼女の本来の目的だったのだろう。

新左は急角度に反り返った幹に指を添えて下向きにさせ、ぎこちなく先端を濡れた割れ目に押し当てていった。

そしてヌメリを与えるように擦りつけながら位置を探ると、

「も、もう少し下……、そう、そこ……」

多恵が息を吹き返したように言い、僅かに腰を浮かせて誘導してくれた。

やはり挿入の段になると、若い男の初物をしっかり味わいたかったのだろう。

新左がグイッと股間を押し進めると、柔肉に押し付けられていた亀頭が、ヌルッと落とし穴に落ち込むように潜り込んだ。

「あう、来て、奥まで……」

多恵が顔を仰け反らせて呻き、新左が挿入していくと、あとはヌルヌルッと滑らかに根元まで吸い込まれていった。

何という心地よさであろう。中は温かく濡れ、肉襞の摩擦が幹を包み込み、股間を密着させるとキュッと内部が締まった。

新左は、挿入の感覚だけで思わず漏らしそうになるのを、懸命に奥歯を嚙んで堪えた。

やはり、せっかくの筆下ろしだから少しでも長く味わっていたいのである。

中の締め付けが、前後もしくは上下に締まるというのも発見であった。陰唇は左右に開くから、内部も左右に締まると思ったが、それは間違いであった。

確かに、情交というのは夢のように大きな快感であった。なるほど、これほど心地良いものならば、女の取り合いで殺し合いになったり、城が傾くのも頷(うなず)けるほどだった。

それにしても、縁とは不思議なものだ。つい先日までは、旅に出ることも考えておらず、それがまさか知り合ったばかりの京女に筆下ろしをしてもらうとは夢にも思っていなかったことだ。

彼が股間を密着させ、温もりと感触を味わっていると、

「あ、脚を伸ばして重ねて……」

多恵が言って両手を伸ばし、彼を抱き寄せてきた。

新左が、ヌルッと抜けないよう股間を押しつけながら、そろそろと片方ずつ両脚を伸ばして重なると、彼女も下から激しくしがみついてきた。

「突いて……、強く奥まで何度も、腰を前後に動かして……」

多恵が熱く囁き、待ちきれないように自分からズンズンと股間を突き上げてきた。

新左も合わせてぎこちなく腰を突き動かしはじめ、何とも心地良い摩擦を味わった。

それでも次第に互いの動きの調子が一致し、股間がぶつかり合うようになってきた。

溢れる淫水が動きを滑らかにさせ、クチュクチュと淫らに湿った摩擦音が響いて、それにヒタヒタと肌のぶつかる音も交じった。

「アア……、いい気持ち、いきそう……」

多恵が顔を仰け反らせて喘ぎ、彼は開いた口に鼻を押し付けて嗅いだ。

彼女の吐息は熱く湿り気があり、白粉のように甘く上品な匂いが鼻腔を刺激してきた。

嗅ぐたびに艶めかしい刺激が胸に広がり、一物に伝わっていった。

そのまま唇を重ねると、柔らかな感触と唾液の湿り気が伝わった。

舌を挿し入れて滑らかな歯並びを舐めると、多恵も歯を開いて受け入れ、ネットリと舌をからめてくれた。

彼女の舌は生温かな唾液に濡れ、滑らかに蠢いて実に美味しく、新左は初の口吸いに酔いしれた。

なお動くと、

「ああ……」

多恵が口を離し、淫らに唾液の糸を引いて喘いだ。

いったん動きはじめると、あまりの快感に腰が止まらなくなった。

とうとう新左は我慢できなくなり、そのまま激しい絶頂の快感に全身を貫かれていった。

こんな瞬間だけは、もう何が来ようと取り繕えないだろう。

小梅か、誰か奉公人が奥へ来ても、あるいは千香が帰ってきてしまっても、赤ん坊が泣き出しても止められない快感であった。

「く……！」

突き上がる大きな快感に呻き、新左は熱い大量の精汁をドクンドクンと勢いよくほとばしらせ、柔肉の奥深い部分を直撃した。

「あ、熱いわ、いく……、アアーッ……！」

噴出を受けた途端に、多恵も声を上ずらせて気を遣り、膣内の収縮を活発にさせた。そして彼を乗せたままガクガクと狂おしく腰を跳ね上げ、大量の淫水を漏らした。

新左は、暴れ馬に跨がった思いでガクガクと上下に揺すられ、大人の女の絶頂の凄まじさに圧倒された。

そして抜けないよう気を付けながら、心置きなく最後の一滴まで出し尽くしていった。

口に出して飲んでもらうのも大きな快感だったが、やはりこうして男女が一つになり、快感を分かち合うのが最高なのだと実感した。

すっかり満足しながら徐々に動きを弱めていき、そのまま力を抜いて身を預けていくと、

「アア……、こんなに良かったの初めて……」

多恵も満足げに言い、グッタリと熟れ肌の強ばりを解いていった。

まだ膣内は名残惜しげに収縮を続け、まるで中に放たれた精汁を飲み込むようにキュッキュッと締まった。

刺激された一物が内部でヒクヒクと跳ね上がると、

「あう、どうか、もう暴れないで……」

多恵も敏感になっているように呻き、幹の震えを押さえ付けるようにキュッときつく締め付けてきた。

新左は遠慮なく体重を預け、彼女の喘ぐ口に鼻を押し付けた。そして荒く洩れる熱い吐息を嗅ぎ、悩ましい白粉臭の刺激で鼻腔を満たしながら、うっとりと快感の余韻を味わったのだった。

（とうとう女を知ったんだ。こんな色っぽい後家と……）

新左は感激の中で思い、呼吸を整えながら、いつまでも乗っているのは悪いので、そろそろと身を起こしていった。

「待って……」

すると多恵が言って袂から懐紙を出し、漏れて着物を汚さぬよう股間に押し当てた。

「いいわ」

言われて、そろそろと股間を引き離すと、多恵が手早く割れ目を拭い、彼の一物にも手を伸ばして拭き清めてくれた。

「やっぱり、慌ただしいので夜に二人になれるようにしますわ……」

身を起こした多恵が、裾と髪を直しながら言った。

「ええ、その方が有難いです。私もお多恵さんのお乳とか吸いたいし」

「ああ……」

彼の言葉だけで、また淫気がくすぶったように多恵が喘ぎ、ピッタリと唇を重ねてきた。

そして熱い息を混じらせ、しばしネットリと舌をからめていると、甘い唾液と吐息の刺激で、またすぐに彼もムクムクと回復しそうになってしまった。

それでも未練を断ち切るように唇を離し、彼女は立ち上がった。

「でも、足や陰戸やお尻まで舐めはるなんて驚いたわ……」

もう一度、裾を確認しながら彼女が言う。

「ええ、何もかも知ってみたかったものですから。普通しないものでしょうか」

「する人もいるかも知れへんけど、死んだうちの人とか、他の女将さんにこっそり訊いても、たいていの人はすぐ入れてくるようで」

多恵が答えながらも、されたことを思い出したのかクネクネと身じろいだ。当然ながら、嫌ではなかったのだろう。

やがて多恵は洗い物を持って厨へと戻って行った。新左も、客間に布団が敷きっぱなしだと、千香が戻ったとき変に思われるので元通り畳んでおいた。

そして昼食の刻限になると新左は食事をし、多恵や小梅、静乃や奉公人たちも交代しながら昼餉を済ませていったのだった。

三

「今日は近藤先生にも目通りしたが、やはり入隊は断られた」

昼過ぎに、千香が戻ってきて新左に言った。

「そうですか」

「トシ様たちが去年、浪士組を組んで江戸を発ったときから一年、私はさらに腕を上げたのに、見てもくれなかった」

「皆忙しいのだから、あまりお邪魔しない方が良いですよ。若い女が出入りすると、他の隊士たちの士気にも関わるでしょうから」

「いや、だが沖田さんの助けで、仕事が一つもらえた」

千香が、顔を輝かせて言う。

「本当ですか。どのような」

「隊士が増えていくので、庭で剣術の稽古をするため、古い防具を集めてきてくれとトシ様に言われたのだ。古道具屋や寂れた道場の場所もいくつか聞いたので、また出かけてくる」

「ああ、そうした仕事なら私も安心です」

「壊れた防具や竹刀(しない)を繕うのも得意だ。むろん、いつまでもそのようなことをするつもりはない。どんどん親しくなって、やがて頃合いを見てまた入隊を願ってみる」

千香は、すっかり壬生に腰を落ち着ける肚(はら)のようだ。

と、そこへ多恵が入ってきた。

「お話し中失礼いたします。いかがでしょう、裏に空いている離れがありますし、ご姉弟とはいえ、いつまでも同じお部屋で寝起きするのも何やので、どちらかそちらへ移られては。実は裏通りに面しとるので、不逞(ふてい)の者が侵入すればすぐ気づける地の利もあります」

「ああ、では私が移りましょう」

多恵の言葉に、すぐ千香が答えた。

「剣の腕は私の方が新より上ですし、これから何かと外へ出入りしたいので、裏通りに面していれば好都合」

「はい、離れなら、もう母屋に声をかけなくても、お好きなように出入りして頂いて構いまへんので」

多恵も、思惑(おもわく)通りに千香が言ってくれて安心したようだ。

「では、すぐお布団を移しておきます」

「済みません。そういつまでもご厄介(やっかい)にならぬよう、しっかり身の振り方を考えますので」

「いいえ、いつまでもいて下さって構いまへん」

多恵は言い、客間にあった千香の布団を運び出し、千香もまたすぐに堀川屋を出ていったのだった。

どうやら千香は、仕事を与えられると血がたぎるのか、もう淫気など吹き飛んだようで、新左と別々の部屋になることを、かえって好都合と思っているようだった。

それに立派になった勇や歳三、総司たちと顔を合わせていると、淫気など一時の気の迷いと思ったか、心はすでに隊士の一員になったような気でいるのかも知れない。

やがて新左も、多恵を手伝いに離れへ行ってみた。そこは母屋とは独立した建屋で、どうも先代が隠居所に使っていたらしく、六畳間が二つあり、厠も備えられていた。

厨と風呂はないが、それは母屋と行き来すれば良いだろう。

新左も掃除を手伝い、さっき済ませたばかりなのに、甘く漂う多恵の熟れた体臭に、また股間が熱くなってきてしまった。

「ねえ、お多恵さん、少しだけ……」

「駄目ですよ。夜にはゆっくり出来ますからな。それに、ここどしたら残り香で千香はんに気づかれてしまうかも」

身体をくっつけてせがんだが、多恵はメッと優しく睨んで言い、掃除を続けたのだった。

やがて掃除を終えると多恵は母屋へ戻り、店に出て、入れ替わりに静乃が戻って赤ん坊の様子を見てから、風呂の仕度をはじめた。

やはり江戸と同じく、人々は主に湯屋を使い、火事を恐れてたまにしか家風呂は焚かないようだった。

新左も、風呂掃除と薪割りを手伝った。

そして日が暮れる頃、千香は何振りかの竹刀の束をもらってきて離れへ持ち込み、修繕をはじめたようだ。こうして屯所に出入り出来ることが、嬉しくてならないらしい。

店を閉めると、通いの奉公人たちは帰っていった。千香は夕餉と風呂を済ませ、また離れへ戻ってしまった。

新左も風呂から出て、寝巻に着替えて客間で床を敷き延べた。

赤ん坊は実に大人しく、思っていたほどの夜泣きもなく、静乃も部屋で休んだようだ。

小梅も眠ったようで、間もなく多恵が洗って乾いた肌着などを持って客間に入ってきた。

「じゃ、私は急いでお風呂に入ってきますから、眠らんと待っていて下さいね」

多恵が言う。律儀(りちぎ)に、女将は火の元を見るため常に最後に入浴する習慣のようだった。

「あ、いえ、どうか今のままで」

もちろん新左は引き留めた。昼前に情交したが、午後も働きづめで、さらに濃い匂いが沁み付いていることだろう。

「まあ、駄目ですよ。うんと汗ばんでいますからね」

「いいえ、女のナマの匂いで燃えるものですから。それに待てません」

「困ったひとやわ……」

多恵は言いながらも、彼の淫気が伝わったように頬を上気させ、すぐにもしたいように熱っぽい眼差(まなざ)しになった。

「とにかく脱ぎましょう」

新左が言って寝巻を脱ぎ去り、激しく勃起した一物を見せると、もう多恵も我慢できなくなったように帯を解きはじめた。

「知りませんよ、うんと汗臭くても」

彼女は言い、たちまち白い肌を露わに、一糸(いっし)まとわぬ姿になった。

着物の内に籠もっていた熱気が、何とも甘ったるい匂いを含んで部屋に立ち籠め、見事に豊かな乳房が艶めかしく息づいていた。

やがて多恵を布団に横たえると、新左は甘えるように腕枕してもらい、生ぬるく湿った腋毛に鼻を埋め込み、濃厚な汗の匂いを貪りながら、目の前の豊かな膨らみに手を這わせた。

「あう……」

多恵が呻き、彼の顔を抱えてギュッときつく抱きすくめてきた。

新左は甘ったるい体臭で胸を満たし、指の腹でクリクリと乳首をいじり、手のひら全体で柔らかな膨らみを揉みしだいた。

そして充分に嗅いでから腋を離れ、鼻先にある乳首にチュッと吸い付くと、

「アア……、いい気持ち……」

多恵が喘ぎながら仰向けの受け身体勢になり、彼ものしかかりながら左右の乳首を交互に含んで舌で転がした。

彼女も慌ただしかった昼間と違い、もう誰も来る心配のない夜は、とことん快楽を貪ろうという姿勢を見せていた。

両の乳首を味わい、顔中を押し付けて感触を堪能すると、新左は白く滑らかな熟れ肌を舐め降りていった。形良い臍を舌先で探り、ピンと張り詰めた下腹に顔を埋めると、心地よい弾力が伝わってきた。

筋骨逞しい千香しか知らなかったから、色白で豊満な女の肌が、いかに滑らかで柔らかかを知った。

腰の丸みからムッチリした太腿まで舐め降りると、

「あう、くすぐったいわ……」

多恵がクネクネと腰をよじらせて呻いた。恐らく婿養子だったという亡夫からは、それほど細やかな愛撫など受けていなかったのだろう。

脚を舐め降りると、脛も千香とは違ってスベスベの舌触りだった。

足首まで下りて足裏に回り込み、今日も一日中働いていた踵（かかと）から土踏まずを舐め、指の間に鼻を埋め込むと、やはりそこは汗と脂に湿り、蒸れた匂いが濃く沁み付いていた。

充分に鼻腔を刺激されてから爪先にしゃぶり付き、綺麗な桜色の爪を舐め、指の股に舌を割り込ませて味わうと、

「あ、あきまへん、そんな……」

多恵がビクリと反応して声を震わせた。昼間もされているが、その時は陰戸や尻を舐められたあとで朦朧としていたのだろう。

全ての指の間にヌルッと舌が潜り込む感触をはっきり味わい、彼女は少しもじっとしていられないほど腰をくねらせて足指を縮めた。

新左は両足とも、味と匂いを貪り尽くすと、いったん顔を上げて彼女をうつ伏せにさせた。

踵から脹ら脛、ほんのり汗ばんだヒカガミから太腿、白く豊満な尻の丸みをたどり、腰から背中を舐め上げた。

「く……！」

背中もかなり感じるようで、多恵は顔を伏せて熱く呻いた。

滑らかな背中は汗の味がし、肩まで行くとうなじを舐め、耳の裏側にも鼻を埋め込んで嗅いだ。蒸れた匂いに、髪の香油が混じって鼻腔を刺激してきた。

彼女はうつ伏せのまま、じっと肩をすくめて息を弾ませていた。

やがて新左は、肩から再び背中を舐め降り、たまに脇腹にも寄り道してから、何とも豊かな尻の丸みに戻ってきたのだった。

四

「アア……、は、恥ずかしい……」

うつ伏せの多恵の股を開かせ、新左が真ん中に腹這いになり、尻の谷間に顔を寄せると彼女が喘いだ。

両の親指でムッチリと双丘を広げ、薄桃色の可憐な蕾に鼻を埋め込んで嗅ぐとやはり蒸れた秘めやかな匂いが籠もり、悩ましく鼻腔を刺激してきた。

新左は顔中に感じる弾力を味わい、充分に嗅いでから舌を這わせ、襞を濡らしてヌルッと潜り込ませた。

「あう……、駄目……」

多恵が呻き、キュッと肛門で舌先を締め付けてきた。

彼は舌を蠢かせ、滑らかな粘膜を探ると、刺激に堪えられなくなったように彼女が腰をよじり、とうとうゴロリと寝返りを打ってきてしまった。

新左も舌を引き離し、彼女の片方の脚をくぐると、仰向けになった彼女の股間に顔を寄せていった。

白く量感ある内腿を舐め上げ、割れ目に迫ると熱気が感じられた。

はみ出した陰唇はすでにヌラヌラと大量の蜜汁に潤い、指で広げると膣口には白っぽい淫水も滲んでいた。

堪らず茂みに鼻を埋めて擦り付け、隅々に濃厚に蒸れて籠もる汗とゆばりの匂いを貪った。

「いい匂い」

「く……！」

嗅ぎながら言うと、多恵が羞恥に息を詰め、ギュッと内腿で彼の両頬をきつく締め付けた。

新左は豊満な腰を抱え込んで押さえ、舌を挿し入れて淡い酸味のヌメリを掻き回し、膣口からオサネまで舐め上げていった。

「アアッ……、い、いい気持ち……！」

　多恵も、すっかり快楽にのめり込んで、白い下腹をヒクヒク波打たせて熱く喘いだ。

　彼はオサネに吸い付きながら、左手の人差し指を唾液に湿った肛門に浅く潜り込ませ、右手の人差し指は膣口に差し入れて、それぞれの内壁を擦った。

「お、お願い、入れて……！」

　多恵が急激に高まり、切羽（せっぱ）詰まった声でせがんだが、彼はなおも強烈な愛撫を続行した。

「あう、いく……！」

　多恵は、最も感じる三カ所を同時に愛撫されて呻き、そのままガクガクと狂おしい痙攣を起こして気を遣ってしまったようだ。

　大量の淫水が噴出し、前後の穴で指が痺（しび）れるほどきつく締め付けてきた。

「も、もう堪忍……」

　彼女は息も絶えだえになって言い、しきりに腰をよじって拒んだ。

　ようやく新左もオサネから口を離し、前後の穴からヌルッと指を引き抜いてやった。

膣内にあった指は攪拌されて白っぽく濁った粘液にまみれ、湯気さえ立ててふやけて指の腹がシワになっていた。

肛門に入っていた指に汚れの付着はなく、爪にも曇りはないが悩ましい微香が感じられた。

彼は股間を這い出し、多恵に添い寝していった。

「アア……、意地悪ね、でも気持ち良かった……」

彼女が荒い息遣いを繰り返し、詰(なじ)るように言った。

そして新左の股間に手を這わせ、勃起した肉棒をやんわりと包み込むと、ニギニギと愛撫してくれた。

「すごく硬いわ……」

多恵は言って、まだ呼吸も整わないうちに身を起こし、彼の股間に移動していった。仰向けになった新左が大股開きになると、彼女は真ん中に腹這い、白い顔を股間に迫らせてきた。

「お返しよ、こうして」

多恵が言い、彼の両脚を浮かせるなり尻の谷間を舐め回してくれた。

滑らかな舌がチロチロと這い回り、ヌルッと潜り込んでくると、

「あう……」

新左は快感に呻き、美女の舌先を肛門で締め付けた。

中で舌が蠢くと、連動するように勃起した肉棒がヒクヒクと上下した。

多恵は熱い鼻息でふぐりをくすぐりながら、充分に舌を動かし、ようやく脚を下ろした。

「いけずやわ、自分ばっかりお風呂上がりで」

恨めしげに言い、ふぐりを舐め回してきた。袋が生温かな唾液にまみれ、睾丸が転がされた。

さらに彼女は身を乗り出し、とうとう一物の裏側を、味わうようにゆっくり舐め上げてきたのだ。

「アア……」

新左は喘ぎ、舌先が先端まで来ると、多恵は幹に指を添え、粘液の滲む鈴口を舐め回し、張り詰めた亀頭をスッポリとくわえた。

そのままモグモグとたぐるように喉の奥まで呑み込むと、幹を丸く締め付けて吸い、熱い息を股間に籠もらせながら、口の中ではクチュクチュと舌をからみつかせてきた。

「ああ、気持ちいい……」

新左は温かな唾液にまみれた幹をヒクヒク震わせて喘ぎ、ズンズンと股間を突き上げはじめた。

「ンン……」

多恵が小さく呻き、たっぷりと唾液を溢れさせながら小刻みに顔を上下させ、スポスポと強烈な摩擦を繰り返してくれた。

「い、いきそう……」

すっかり高まった彼が言うと、すぐに多恵がスポンと口を引き離した。

「どうか、入れておくれやす……」

「上から跨いで入れて下さい」

「私が上に？　そないなこと……」

ためらう多恵の手を握って引っ張ると、彼女も諦めたように前進して彼の股間に跨がってきた。

そして唾液に濡れた先端に陰戸を押し当て、自ら指で陰唇を広げると、位置を定めてゆっくり腰を沈み込ませていった。張り詰めた亀頭が潜り込むと、あとは重みと潤いでヌルヌルッと滑らかに根元まで嵌（は）まり込んだ。

「アアッ……、奥まで届く……」

多恵が顔を仰け反らせて喘ぎ、完全に座り込むと、ピッタリ密着した股間をグリグリ擦り付けた。

新左も肉襞の摩擦と温もり、きつい締め付けと潤いに包まれながら、両手を回して抱き寄せると、彼女も身を重ねてきたのだった。

五

「ああ……、上なんて初めてやわ……」

多恵が言い、新左の胸に豊かな膨らみを密着させた。

彼も下から両手でしがみつきながら、僅かに両膝を立てて豊満な尻を支えた。

そして唇を求めると、多恵も上からピッタリと口を重ね合わせてくれた。

新左は柔らかな感触と唾液の湿り気を味わい、舌を挿し入れて滑らかな歯の並びを左右にたどった。

多恵もすぐに歯を開いて、ネットリと舌をからめながら、徐々に腰を動かしはじめていった。

「ンン……」

彼女は熱く鼻を鳴らして新左の舌を吸い、彼もまた合わせてズンズンと股間を突き上げていった。

やはり動きはじめると、あまりの快感に腰が止まらなくなってしまった。

溢れる淫水に律動が滑らかになり、クチュクチュと淫らな音が響き、互いの股間が生温かなヌメリでビショビショになった。

「ああ、いいわ、またいきそう……」

多恵が口を離して喘ぎ、膣内の収縮を活発にさせてきた。

やはり指と舌で気を遣るのと、こうして一つになって分かち合う快感は、全く別物のようだった。

彼女の吐息は熱く湿り気があり、昼間以上に濃厚な白粉臭の刺激が含まれて、嗅ぐたびに甘美な悦びが新左の胸に広がっていった。

「唾を垂らして……」

囁くと、彼女も羞恥やためらいより快感に我を忘れ、形良い唇をすぼめて、ほんの少しだけ小泡の多い唾液をクチュッと吐き出してくれた。

それを舌に受けて味わい、生温かな唾液でうっとりと喉を潤した。

新左は唾液のヌメリと息の匂いに激しく高まっていった。

「しゃぶって……」

顔を引き寄せ、多恵の口に鼻を押し込んで言うと、彼女も舌を這わせてくれ、新左は唾液のヌメリと息の匂いに激しく高まっていった。

「い、いきそう……」

彼が絶頂を迫らせて言うと、

「いって……、私も……」

多恵が大きな波を待つように息を詰めて言い、動きを激しくさせていった。

たちまち新左は心地良い摩擦と、美女の唾液と吐息の匂いに包まれて、激しく昇り詰めてしまった。

「く……！」

大きな絶頂の快感に呻き、熱い大量の精汁をドクンドクンと勢いよく柔肉の奥にほとばしらせると、

「いく……、アアーッ……！」

噴出を感じた途端に、たちまち多恵も声を上げ、ガクガクと狂おしい痙攣を開始したのだった。新左は、収縮と摩擦の中で揉みくちゃにされながら、心ゆくまで快感を噛み締めた。

そして最後の一滴まで出し尽くし、すっかり満足すると、徐々に突き上げを弱めて力を抜いていった。

「ああ……」

多恵は満足げに声を洩らすと、熟れ肌の硬直を解いてグッタリと彼にもたれかかってきた。

まだ膣内は名残惜しげな収縮が繰り返され、刺激された一物がヒクヒクと過敏に内部で跳ね上がった。すると応えるように、膣内がキュッときつく締め付けてきた。

新左は彼女の重みと温もりを受け止め、熱く甘い吐息を間近に嗅ぎながら、うっとりと快感の余韻を味わった。

「ああ、すごかったわ……、もう新左はんに夢中やわ……」

多恵が荒い息遣いを繰り返して囁き、思い出したようにビクリと熟れ肌を震わせていた。

しばし重なっていたが、ようやく呼吸を整えると多恵はノロノロと股間を引き離し、身を起こしていった。

「このまま、湯殿へ行きましょう……」

彼女が言うので新左も立ち上がり、寝巻を抱えて二人で客間を出た。

暗い廊下をそろそろと進み湯殿へ行くと、手桶に汲んだ湯で身体を流し、互いに股間を洗った。

そして交互に湯に浸かって温まる頃には、一物はすっかりピンピンに回復し、元の硬さと大きさを取り戻してしまった。

「ね、ここに立って」

新左は簀の子に腰を下ろして言い、彼女を目の前に立たせた。そして片方の足を浮かせて風呂桶のふちに乗せ、開いた股間に顔を埋めた。

もう濃く沁み付いていた匂いは消えてしまったが、柔肉を舐めると新たな蜜汁が湧き出し、すぐにもヌラヌラと舌の動きが滑らかになった。

「あう……、もう堪忍……」

多恵がビクリと腰を引いて呻いた。

「ね、ゆばりを出して」

「まあ、そんなことできまへん、決して……」

「少しでいいから。どうしても、美人が出すところを見てみたい」

新左は執拗にせがみ、彼女の豊満な腰を抱えて顔を埋めた。

「アア……、困ったおひとやわ……、いま出したらお顔にかかります……」

「すぐ洗い流すから、どうか」

言いながら舌を這わせ、オサネに吸い付くと、

「あう、そんなに吸うたら本当に出てしまいます……」

彼女も、尿意が高まってきたように答えた。

なおも吸ったり舐めたりしていると、奥の柔肉が迫(せ)り出すように盛り上がり、味わいと温もりが変化してきた。

「あう、あきまへん、離れて……」

多恵が言うなり、熱い流れがチョロチョロとほとばしってきたのだ。

新左はそれを口に受け、温もりを味わいながら喉に流し込んでみた。

それは味も匂いも実に淡く上品で、何の抵抗もなく飲み込むことが出来たのだった。

彼は喉を鳴らして飲み込み、多恵もいったん放たれた流れは止めようもなく勢いを増して彼の口に注いできた。

溢れた分が温かく胸から腹に伝い流れ、すっかり回復した一物を心地よく浸(ひた)してきた。

「アア……！」

多恵はゆるゆると放尿を続けて喘ぎ、ガクガクと膝を震わせた。

新左は、美女から出たものを身の内に取り入れる悦びに浸っていた。

しかし急激に勢いが衰えると、やがて流れは治まってしまった。

彼はポタポタ滴る温かな雫をすすり、残り香の中で割れ目を舐め回した。

すると新たな淫水が溢れ、残尿を洗い流すように淡い酸味のヌメリが満ちていった。

「も、もう堪忍……」

多恵はそう言って脚を下ろすと、力尽きたようにクタクタと座り込んでしまった。

それを支えて腰掛けに座らせると、新左はまた手桶の湯を汲んで、互いの身体を洗い流した。

もう一度湯に浸かってから上がり、身体を拭くと寝巻を羽織り、また二人で客間の布団に戻っていった。

もちろん新左は、もう一回射精しないと治まらなくなっていた。

「ああ、あんまり吃驚(びっくり)させないでおくれやす……。あまりのことに、もう何が何だか……」

多恵は添い寝して言い、まだ自分の部屋に戻る様子はなかった。

新左は腕枕してもらい、裾を開いて勃起した一物をいじってもらった。

「もうこんなに大きく……、でも、もう一回したら明日起きられなくなります」

彼女が、ニギニギと愛撫してくれながら言った。

「ええ、このまま指でして下さい……」

新左は言い、彼女の手のひらの中で幹を震わせながら、また唇を重ねてもらい舌をからめた。

多恵もネットリと舌を蠢かせ、一物をしごいてくれた。

「ね、顔に思い切りペッて唾を吐きかけて」

「そ、そないなこと、お武家はんに出来まへん……」

「どうか、そうしたらすぐ果てるので」

「ほんまに、無理なことばかり言いはるお方やな……」

彼女も愛撫しながら言い、幹の震えで彼が本気で望んでいることを知ると、

「よろしおすか。あとで無礼討ちなんてしないでおくれやす……」

言うと口に唾液を溜め、顔を寄せてくれた。そして息を吸い込んで止め、唇を

突き出すとペッと強く吐きかけてくれたのだ。

「ああ、いきそう……」

新左は、甘くかぐわしい息を顔中に受け、生温かな唾液の固まりを鼻筋に感じながらすっかり高まって喘いだ。

「ね、お口に受けたいわ……」

すると多恵が言うなり身を起こし、彼の股間に屈み込んできた。

そして張り詰めた亀頭にしゃぶり付き、舌をからめながら吸い、スポスポと強烈な摩擦を繰り返してくれたのだった。

「い、いく……、アアッ……！」

たちまち新左は昇り詰めて喘ぎ、溶けてしまいそうな快感に包まれて、ドクンドクンとありったけの熱い精汁をほとばしらせた。

「ンン……」

喉の奥を直撃された多恵が小さく呻き、なおも摩擦と吸引を続行してくれた。

千香の口に放つのも畏れ多い快感だが、美しく上品な京女の口に射精するのもまた格別であった。

しかも多恵から望んだことであり、彼女は熱い息を股間に籠もらせながら、若い男の精汁を貪るように吸い尽くした。

新左は最後の一滴まで絞り出すと、満足しながら全身の強ばりを解いてグッタリと身を投げ出した。

ようやく多恵も摩擦を止め、一物を含んだまま口に溜まった精汁をゴクリと飲み干してくれた。

「あう……」

嚥下(えんげ)とともに、キュッと締まる口腔の刺激に、彼は駄目押しの快感を得るとピクンと幹を震わせて呻いた。

「二度目なのに、いっぱい出はったわ……」

多恵は口を離して言うと、なおも幹を握って動かしながら、鈴口に脹らむ雫まで丁寧に舐め回してくれた。

「く……、も、もういいです、有難うございました……」

新左はヒクヒクと過敏に幹を震わせ、腰をくねらせながら礼を言った。やっと彼女も舌を引っ込めると、ヌラリと淫らに舌なめずりしながら顔を上げた。

「さ、これでゆっくりお休みになれますでしょう。私も戻りますね」

多恵は言って身を起こし、彼に優しく掻巻を掛けてから、やがて静かに客間を出ていった。

新左は身も心も満たされ、本当に京へ来て良かったと思った。

千香も別棟の離れなので、戸締まりを済ませた母屋へ寄ることもなく、一人で寝ていることだろう。あるいは、寝しなに自分で寂しく手すさびしているかも知れない。

そんなことを思いながら、新左は目を閉じ、心地良い睡りに落ちていったのだった……。

第三章　新造（しんぞう）の乳汁と生娘（きむすめ）の蜜

一

「まあ、お手伝いして下さらなくてもよろしいのに」

湯殿の掃除をしていた静乃が、新左に言った。

「いいえ、暇を持て余しているものでして」

彼は答え、一緒に湯殿の簀（す）の子を残り湯で磨（みが）いた。

今日も朝から千香は出かけているし、多恵は小梅や他の奉公人たちと店に出ている。

静乃が赤ん坊の様子を見てから掃除をはじめたので、新左もゴロゴロしているわけにもいかず手伝うことにしたのである。

はんなりした多恵の京言葉と違い、江戸生まれの静乃は実に歯切れが良かった。

彼女の夫は、遠縁である江戸の呉服屋で修業し、京へ戻るとき奉公人だった静乃を見初めて連れ帰ったらしい。

しかし京の店が火事に遭い、夫は大坂へ行商に行き、静乃も赤ん坊を連れて堀川屋で住み込み奉公することになったという、なかなかの苦労人だった。

しばらくは夫とも会えないため、丸髷に結わず眉も剃らず、お歯黒も塗っていない。美形で若作りの静乃は評判が良く、中には岡惚れする男客もいるようだった。

だから多恵も店の評判を第一にし、あえて彼女に新造らしい身なりはさせないようにしているのだろう。

その静乃が掃除の手を休め、急にうずくまったのである。

「あ、どうかしましたか」

新左が驚いて覗き込むと、甘ったるい匂いが濃厚に漂った。

「さっき飲ませたばかりなのに、もう張ってきてしまって……」

静乃が言い、帯を緩めた。どうやら乳房が張って痛いようだが、赤ん坊も寝付いたばかりなので、どうにもならないらしい。

彼女は、いつでも胸元が寛げられるように帯も簡単に結び、ゆったりした着物を身に着けていた。

しかも今は風呂掃除のため、裾をからげ白い脹ら脛まで露わにしているのだ。

襦袢の内側には乳漏れ用と手拭いが差し入れてあり、さっきから感じていた甘ったるい匂いは乳汁だったようだ。

「そろそろ乳離れする頃なのに、多く出る方でして……」

静乃は言いかけたが、まだ無垢らしい二十歳前の男に言っても仕方がないと思ったようだ。

「あの、私が吸い出せば楽になりますか」

新左は、股間を熱くさせながら言ってみた。

「そ、それは楽になりますけど、お武家様にそんな……」

静乃が驚いたように顔を上げて言ったが、

「大丈夫、させて下さい」

彼が迫ると、静乃は少しためらい、やがて襦袢を開いて白く豊かな乳房をはみ出させたのだった。

さらに生ぬるく甘ったるい匂いが漂い、濃く色づいた両の乳首からは、ポツンと白濁した乳汁の雫が滲んでいた。

　彼は静乃を腰掛けに座らせ、風呂桶に寄りかからせ、自分は膝を突いて乳房に顔を埋め込み、チュッと乳首に吸い付いた。

「アア……」

　静乃が熱く喘ぎ、彼は雫を舐め、さらに強く吸った。なかなか出てこなかったが、あれこれ試すうち唇で強く乳首の芯を挟み付けて吸うと、ようやく生ぬるく薄甘い乳汁が舌を濡らしてきた。

　いったん要領を得ると、どんどん出て来て彼はうっとりと喉を鳴らし、胸の中まで甘ったるい匂いに満たされた。

「ああ、吐き出せば良いのに……」

　飲み込む音を聞き、静乃が声を震わせた。それでも分泌を促すように、自ら膨らみを揉みしだいた。

　やがて出が悪くなる頃、心なしか張りが和らいできたように感じられた。

「どうか、こちらも……」

　静乃が息を弾ませながら言い、新左はもう片方の乳首にも吸い付き、新鮮な乳汁で喉を潤した。

　静乃も身を強ばらせていたが、どうにも熱い呼吸が弾み、肌を伝って彼の鼻腔も刺激してきた。彼女の吐息は花粉のように甘い刺激を含み、嗅ぐたびに一物がヒクヒクと反応した。

新左は乳首を吸いながら、とうとう彼女の内腿を撫で、そろそろと奥まで探っていった。すると指先が柔らかな茂みに触れ、陰戸を撫でると熱い大量のヌメリが感じられた。

「あッ……」

静乃が声を上げ、内腿でキュッと彼の手を挟み付けてきた。

「い、いけません……」

「ここも濡れているので舐めたいです」

「そ、そんなこと……、駄目です。ここでは……、私のお部屋へ……」

静乃もすっかり淫気を湧かせたように言うので、新左は手を引っ込め、気が急いて彼女を支えながら立ち上がった。

湯殿を出て足を拭くと、赤ん坊が眠っている彼女の部屋に移動した。

そこも店からは奥まった場所にあるし、それに忙しい頃合いだから、まず誰も来ないだろう。

部屋には、赤ん坊と添い寝するための床が敷き延べられていた。

新左は彼女を横たえ、裾をめくって股間に顔を迫らせていった。

「アア……、本当に、舐めるのですか……」

股を開かされ、静乃が朦朧として言った。

見ると黒々と艶のある恥毛が程良い範囲に茂り、割れ目からはみ出した陰唇がネットリと蜜汁に潤っていた。

指で広げると、子を産んだばかりの膣口からは、乳汁に似た白っぽい淫水が溢れ、光沢あるオサネも愛撫を待つようにツンと突き立っていた。

吸い寄せられるように顔を埋め、柔らかな茂みに鼻を擦りつけて嗅ぐと、生ぬるく蒸れた汗とゆばりの匂いが悩ましく鼻腔を刺激してきた。

胸を満たしながら舌を這わせると、淡い酸味のヌメリが迎え、彼は膣口を掻き回し、オサネまでゆっくり舐め上げていった。

「あう……！」

静乃が呻き、内腿でムッチリときつく彼の両頰を挟み付けてきた。

新左はチロチロとオサネを舐め回し、さらに彼女の両脚を浮かせて白く形良い尻に迫った。

谷間の蕾は、出産の名残なのか枇杷の先のように肉を盛り上げ、突き出た感じで実に艶めかしい形をしていた。

鼻を埋め込むと、蒸れて秘めやかな匂いが悩ましく籠もっていた。

新左は顔中を双丘に密着させて嗅ぎ、舌を這わせてヌルッと潜り込ませた。

「く……、駄目……」

静乃が呻き、キュッと肛門で舌先を締め付けてきた。

彼は中で舌を蠢かせ、滑らかな粘膜を探り、やがて脚を下ろすと再び大量の淫水を舐め取り、オサネに吸い付いていった。

「アア……、お願い、入れて下さい……」

静乃が顔を仰け反らせてせがみ、新左も舐めながら裾をからげて下帯を脱ぎ去った。

そして身を起こすと、添い寝して仰向けになった。

「少しだけ、一物を唾で濡らして下さい……」

言うと、静乃も息を弾ませながら顔を移動させ、幹に指を添えて粘液の滲む鈴口をチロチロと舐め回し、張り詰めた亀頭をスッポリと含んできた。

そのまま根元まで呑み込み、幹を締め付けて吸い、熱い息を股間に籠もらせながらクチュクチュと舌をからめてくれた。

「ああ、気持ちいい……」

新左も快感に喘ぎ、美しい新造の口の中で最大限に勃起した。

そして絶頂を迫らせる前に、

「どうか、上から跨いで入れて下さい……」

彼が言うと、静乃もスポンと口を離して顔を上げた。

「上など……」

「その方が好きなのです」

ためらう静乃の手を引いて言うと、ようやく彼女もそろそろと新左の股間に跨がってきた。

屹立した先端に割れ目を押し当て、やがて彼女は息を詰めてゆっくり腰を沈めていった。たちまち彼自身は、ヌルヌルッと滑らかな肉襞の摩擦を受けて根元まで嵌まり込んだ。

「ああッ……、いい……」

静乃が顔を仰け反らせて喘ぎ、ピッタリと股間を密着させて座り込んだ。

新左は温もりと潤いに包まれ、出産したばかりにもかかわらず、あまりの締まりの良さに快感を嚙み締めた。

両手を伸ばして抱き寄せると、静乃も身を重ねてきて、彼は両膝を立てて尻を支えた。

下から顔を引き寄せ、ピッタリと唇を重ねると、

「ンン……」

静乃も熱く鼻を鳴らし、差し入れた彼の舌を舐め回してくれた。

新左は、新造の滑らかに蠢く舌を味わい、生温かな唾液をすすって膣内の一物をヒクヒクと蠢かせた。

二

「ね、お乳を搾って顔にかけて……」

新左が口を離して言うと、静乃も快感に我を忘れて従い、両の乳首をつまんで胸を突き出してきた。

するとポタポタと白濁した乳汁が滴り、彼の舌を生ぬるく濡らした。

さらに無数の乳腺から霧状になったものが顔中に降りかかり、たちまち新左は甘ったるい匂いに包まれた。

そしてズンズンと股間を突き上げはじめると、

「アア……、い、いきそう……」

静乃が喘ぎ、乳首から指を離してもたれかかってきた。

新左も、あまりの快感に最初から勢いを付けて律動し、肉襞の摩擦に高まってきた。

彼女も合わせて腰を遣うと、淫水が大量に溢れて動きを滑らかにさせ、ピチャクチャと淫らな音が響いた。溢れた淫水がふぐりの脇を伝って流れ、彼の肛門の方まで生温かく濡らしてきた。

彼は静乃の喘ぐ口に鼻を押し込み、かぐわしい花粉臭の吐息を胸いっぱいに嗅ぎながら、股間をぶつけるように突き動かした。

「い、いっちゃう……、ああーッ……！」

たちまち静乃が収縮を活発にさせ、声を上ずらせてガクガクと狂おしい痙攣を起こして気を遣ってしまった。

新左も柔肉の蠢きに巻き込まれるように、続いて昇り詰め、

「く……！」

大きな快感に呻きながら、ありったけの熱い精汁をドクンドクンと勢いよくほ

とばしらせた。

「ヒッ……、感じる……！」

噴出を受け止めた静乃が息を呑み、駄目押しの快感を得たようにキュッときつく締め上げてきた。

新左は心ゆくまで快感を味わい、肉襞の摩擦の中で最後の一滴まで出し尽くしていった。満足しながら突き上げを弱めていくと、彼女も徐々に力を抜いて体重を預けてきた。

「アア……、良かった、すごく……」

静乃がうっとりと言い、名残惜しげにキュッキュッと締め付けた。

その刺激に彼自身はヒクヒクと過敏に膣内で跳ね上がり、やがて二人とも完全に動きを止めて重なった。

新左は彼女の喘ぐ口に鼻を押し当て、かぐわしい吐息と唾液の匂いで胸を満たしながら、心地よい余韻に浸ったのだった。

やがて静乃がノロノロと身を起こし、股間を引き離した。

「どうせ戻るのだから、風呂場で洗いましょう」

彼も言って立ち上がり、脱いだものを持って再び湯殿に戻った。

残り湯で股間を洗うと、またすぐに新左はムクムクと回復してしまった。

「ね、また勃っちゃった……」

新左が甘えるように言って一物を突き出すと、静乃も息を弾ませて指を這わせてくれた。

「もう私は充分。お口でして差し上げます。いっぱいお乳を飲んでもらったから今度は私が……」

静乃が言うので、新左は身を起こして風呂桶のふちに腰を下ろし、座っている彼女の顔の前で股を開いた。

すぐに彼女も顔を寄せ、張り詰めた亀頭を舐め回し、丸く開いた口でスッポリと喉の奥まで呑み込んでくれた。そして強く吸い付き、熱い鼻息で恥毛をくすぐりながら舌をからめた。

「ああ、気持ちいい……」

新左は快感に喘ぎ、美女の口の中でヒクヒクと幹を震わせた。

やがて静乃は顔を小刻みに前後させ、濡れた口でスポスポと強烈な摩擦を繰り返してくれた。

彼も我慢せず、力を抜いて愛撫を受けるうち、あっという間に二度目の絶頂を迎えてしまった。

「い、いく……、アア……！」

彼は快感に貫かれて喘ぎ、熱い精汁をドクンドクンと勢いよくほとばしらせ、美女の喉の奥を直撃した。

「ンン……」

噴出を受けた静乃は熱く呻き、なおも摩擦を続行してくれた。

新左は身悶えながら、心置きなく最後の一滴まで絞り尽くして力を抜いた。

ようやく静乃も蠢きを止め、亀頭を含んだまま口に溜まった精汁をゴクリと飲み干してくれたのだった。

「く……」

キュッと締まる口腔に刺激され、彼は駄目押しの快感に呻いた。

彼女は口を離し、なおも幹をしごきながら、鈴口に脹らむ余りの雫まで丁寧にペロペロと舐め回してくれた。

「あうう……、も、もういいです……」

新左は過敏に反応して呻き、降参するように腰をよじった。

ようやく静乃が舌を引っ込めると、力を抜いた彼は、荒い呼吸を繰り返して余韻を味わった。

と、そのとき四つ（午前十時頃）の鐘の音が聞こえてきた。

「ああ、そろそろ昼餉の仕度をしなければ……」

「ええ、じゃ風呂場は私が掃除しておきますので」

新左が言うと、静乃は着物を直し、湯殿を出ていった。そして彼も身繕いをして掃除を続けたのだった。

三

「あの、伺いたいことがあるんやけど」

翌日の昼過ぎ、小梅が客間に来て新左に言った。

今日、堀川屋は休業で、彼は小梅と二人きりであった。

多恵は亡夫の寺へと出向き、静乃も赤ん坊を連れて夫の実家へ行っている。千香は相変わらず朝から出かけ、防具を探しては、新選組の屯所に出入りしていた。

小梅が寺へ行かなかったのは、昼前に仕入れ先が来るので留守番のため、残ったのである。

予定通り業者は来ていたようだが、その間に新左は湯屋へ行っていた。

戻って二人で昼餉を済ませると、小梅が新左に話しかけてきたのだ。

「実は最近、お母はんが私の婿を探し回っとるようなんどす」

「うん、もう十八なら、そろそろだろうね」

言われて、新左も答えた。

「お母はんが気に入って選んだ方なら構へんのやけど、どうにも情交のことが心配で」

いきなり、可憐な生娘の口から情交という言葉が出たので、新左は思わずドキリと胸を高鳴らせてしまった。

「どう心配なのかな？」

「前に、手習いの仲間に春画を見せてもろうて、男のものがすごく大きかったので入るんやろかって。すごく痛いと聞くし……」

小梅が、ほんのり耳と頬を染めて言った。

どうやら女同士で男女の話題が頻繁に出ており、何をするかぐらいは知っているようだった。

「ああ、春画は大きめに描いているからね、実際はあんなに大きくなく、ちゃんと入るように出来ているよ。それに女も感じれば濡れるので、痛いといってもすんなり入るからね」

答えながら、新左はいつしか痛いほど股間が突っ張ってきてしまった。

「ええ、濡れるのは知ってますけど……」

「自分でいじることがあるのかな？」

「恥ずかしいのやけど、寝ながらたまにしてしまいます。普段はいつの間にか寝ちゃうのやけど、すごく気持ち良くなることも」

「指は入れるの？」

「少しだけ。ほとんどはオサネをいじるだけどす」

小梅が、目をキラキラさせて正直に答えた。

「そう、私の一物を見てみるかい？　誰にも内緒で」

新左は興奮を高まらせながら、思い切って言った。どうせ多恵も千香も帰宅は夕刻だろうし、静乃は明朝に戻ることになっている。

「ええ、新左はんは、もう女を知っているの？」

「そ、それは多少は知っているよ」

お前の母親をはじめ、知っている人とはみんなしたんだよ、と心の中で言いながら、新左は答えた。

「じゃ、いろいろ教えて下さいね」

「見てみる？　小梅ちゃんのも見たいから一緒に脱ごうか」

「ええ……」

彼女が頷（うなず）くと、新左は立ち上がって手早く床を敷き延べた。そして帯を解いて着流しを脱ぎ去り、下帯も解いて全裸になると先に布団（ふとん）に横になった。

小梅は背を向けて帯を解き、モジモジしながら脱ぎはじめていった。

脱いでいくうちに、生ぬるく甘ったるい生娘の体臭が部屋に立ち籠めていった。彼女も働き者で良く動き、今日はまだ湯屋にも行っていないから肌は汗ばんでいることだろう。

やがて腰巻まで脱ぎ去ると、小梅は一糸（いっし）まとわぬ姿になり、胸股を隠して向き直りながら添い寝してきたのだった。

新左が腕枕してやると、小梅も肌を密着させながら彼の股間に熱い視線を注いできた。

「変な形……、ピクピク動いてはる……」

「いいよ、触っても。お湯屋へ行ってきたばかりだからね」

言うと、彼女もそろそろと手を伸ばし、恐る恐る幹に触れてきた。

「温かくて柔らかいわ。でも、ここは硬い……」

小梅は、張り詰めた亀頭に触れながら囁いた。

「でも、入りそうな大きさだろう？」

「ええ、でもこれでも痛そうや……」

「うんと陰戸が濡れれば大丈夫だよ。私のも、人より大きい方じゃなく普通だと思うから」

「ね、近くで見てもええかしら」

「うん」

彼は答え、小梅の身体を押しやりながら大股開きになった。

すると彼女も真ん中に腹這い、可憐な顔を寄せてきた。

「お手玉か、お稲荷さんみたいやわ……」

小梅がふぐりに触れて言い、彼は指の感触と、熱い視線と息を股間に感じてヒクヒクと幹を上下させた。

そして二つの睾丸をそっと確認してから、袋をつまみ上げて肛門の方まで覗き込むと、再び肉棒に戻ってきた。

　幹を撫で上げ、手のひらに包み込んでニギニギと動かすと、ほんのり汗ばんで生温かく、柔らかな小梅の手の感触に、粘液が滲み出た。

「これが精汁？」

　小梅が、鈴口を見つめて言う。

「それはまだ先走りの汁で、小梅ちゃんが感じて濡れるのと同じものだよ。精汁は白くて、勢いよく飛ぶんだ」

　普通の口調で説明しているが、胸は激しく高鳴り、今にも漏らしてしまいそうだった。

　同じ生娘でも、年上で物怖じしない千香とは全く違い、小梅の可憐な声と熱い眼差し（まなざ）しを受けているだけで高まってしまった。

　やがて彼女が指を離すと、

「じゃこっちへ来て、今度は小梅ちゃんのを見せて」

　新左は言い、彼女の手を引っ張った。

「まず、ここに座って」

　自分の下腹を指して言うと、

「そんな、お武家はんを跨ぐやなんて……」

小梅が文字通り尻込みして答えた。

「どうせ二人だけの秘密なんだから、何をしても同じだよ」

言って引っ張ると、ようやく小梅も身を起こし、そっと腹に跨がってきた。

下腹に座り込むと、湿った割れ目が密着した。

見ると乳房は膨らみはじめ、やがて多恵のように豊かになる兆しを見せていたが、まだ硬い張りに満ちているようだ。恥毛は淡く、まだ初々しく楚々としたものだった。

「じゃ、脚を伸ばしてね」

新左は言い、両膝を立てて小梅を寄りかからせると、両の足首を摑んで顔に引き寄せた。

「あう、駄目です……」

小梅は声を震わせながらも、とうとう両足の裏を彼の顔に乗せてしまった。

新左は、可憐な娘の全体重を受け止め、足裏に舌を這わせ、縮こまった指にも鼻を押し付けて嗅いだ。

指の股は生ぬるい汗と脂にジットリ湿り、蒸れた匂いが濃く沁み付いて彼の鼻腔を刺激してきた。

彼は少女の足の匂いで胸を満たし、爪先にもしゃぶり付いて順々に指の股に舌を割り込ませて味わった。

「あん、いけまへん、そんな……」

小梅が畏れ多い刺激に喘ぎ、くすぐったそうに腰をよじった。そのたびに割れ目が擦り付けられ、湿り気が増してくる感触が伝わってきた。

やがて両足とも、味と匂いが消え去るほど貪り尽くすと、新左は両足を顔の左右に置き、彼女の両手を握って引っ張った。

「さあ、前に来て、顔に跨がって」

「駄目、堪忍……、恥ずかしくて変になりそう……」

「真下から見てみたいんだ。さあ」

引きながら言うと小梅も前進し、とうとう厠でするように彼の顔に跨がり、しゃがみ込んで無垢な陰戸を鼻先に迫らせてきた。

脹ら脛と内腿がムッチリと張り詰め、ぷっくりと丸みを帯びた股間の丘が触れんばかりに近づいていた。

熱気に顔中を包まれながら見上げると、割れ目からは薄桃色の花びらがはみ出し、清らかな蜜に潤っていた。

そっと指を当てて左右に広げると、

「あん……」

触れられた小梅がか細く喘いだ。

中も綺麗な桃色の柔肉で、生娘の膣口は花弁状に襞が入り組み、しっとりと濡れて息づいていた。

障子越しに射す昼過ぎの陽で、ポツンとした小さな尿口もはっきり確認でき、包皮の下からは小粒のオサネも光沢ある顔を覗かせていた。

何とも清らかな眺めに堪らず、彼は腰を抱き寄せて無垢な股間に顔を埋め込んでしまった。

「アアッ……」

完全に顔に座り込む形になって小梅が喘いだが、新左はしっかりと腰を抱え込み、楚々とした若草に鼻を擦り付けて嗅いだ。

隅々には、生ぬるく蒸れた汗とゆばりの匂いが濃厚に沁み付き、鼻腔が心地良く刺激された。

胸を満たしながら舌を挿し入れていくと、やはりヌメリは淡い酸味を含み、彼は生娘の膣口をクチュクチュ掻き回し、味わいながらゆっくりオサネまで舐め上げていった。

「あう、駄目……」

小梅が呻き、思わず体重をかけそうになって、懸命に両足を踏ん張った。

新左がチロチロと探るようにオサネを舐めると、格段にヌメリの量が増していった。やはり自分でいじることも知っているし、あるいは多恵の血を継いで濡れやすいのかも知れない。

さらに彼は大きな白桃のような尻の真下に潜り込み、顔中にひんやりした双丘を受け止めた。

そして谷間の蕾に鼻を埋めて蒸れた微香を嗅ぎ、舌を這わせて息づく襞を濡らすと、ヌルッと潜り込ませて滑らかな粘膜を探った。

四

「アアッ……、そこは……」

小梅が声を洩らし、キュッときつく肛門で新左の舌先を締め付けてきた。

彼は舌を蠢かせて微妙に甘苦い粘膜を味わい、小梅は割れ目を息づかせて新たな蜜汁を漏らした。

そして再び陰戸に戻ってオサネを舐め、溢れる淫水をすすると、

「も、もう駄目です……」

小梅はしゃがみ込んでいられずに両膝を突き、ビクッと股間を引き離してしまった。

「私のもお口で可愛がって……」

新左が言うと小梅も、されるよりする方が気が楽なのか、すぐに移動して再び彼の股間に顔を寄せてきた。

「私も、お返しにここから……」

すると小梅が言って彼の両脚を浮かせ、尻の谷間にそっと舌を這わせてくれたのである。さらに息づく襞を唾液に濡らすと、自分がされたようにヌルッと潜り込ませた。

「く……」

彼は申し訳ないような快感に呻き、モグモグと生娘の舌を肛門で締め付けた。

小梅も熱い鼻息でふぐりをくすぐり、中で舌を蠢かせると刺激された一物がヒ

クヒクと上下した。

　彼女が舌を引き離したので脚を下ろすと、今度はすぐにふぐりを口に含み睾丸をたどたどしく舌で転がした。そして袋全体が生温かな唾液にまみれると、いよいよ肉棒の裏側をゆっくり舐め上げてきた。

　無垢で滑らかな舌が裏筋をたどり、先端まで来ると、彼女は震える幹に指を添えて支え、粘液の滲む鈴口をチロチロと舐め回した。

　さらに小さな口を精一杯丸く開いて、張り詰めた亀頭をくわえると、喉の奥までモグモグと呑み込んでいった。

「ああ、気持ちいい……」

　新左は快感に喘ぎ、生娘の口の中でヒクヒクと幹を震わせた。

　小梅は熱い鼻息で恥毛をくすぐり、幹を締め付けて吸い、口の中ではクチュクチュと舌をからめるように蠢かせてくれた。

　一物全体は清らかな唾液に温かくまみれ、彼がズンズンと小刻みに股間を突き上げると、

「ンン……」

　喉の奥を突かれた小梅が小さく呻き、たっぷりと唾液を出しながら顔を上下さ

せ、スポスポと摩擦してくれたのだった。

　ぎこちない愛撫のため、たまに当たる歯の刺激も新鮮で、彼は激しく高まった。

　すると新左が警告を発する前に口が疲れたようで、小梅はチュパッと口を引き離して顔を上げた。

「湯上がりの匂い。自分ばっかり綺麗にしはって……」

　小梅が詰(なじ)るように言い、自分は匂ったのだろうかと羞恥(しゅうち)に頬を染めた。

「ね、入れてみるかい？　もちろん所帯を持つまで無垢でいたいなら、しなくて構わないけれど」

「ううん、入れたいわ」

　新左が言うと、すぐに小梅が答えた。やはり羞恥やためらいより好奇心の方が勝(まさ)るようだった。

「じゃ上から跨いで入れてみて。痛ければすぐ止(や)められるからね」

　仰向(あおむ)けのまま言うと、小梅は跨ぐことを少しためらったが、やがて身を起こして彼の上を前進してきた。

　屹立した一物に跨がると、自らの唾液に濡れた先端に陰戸を押し当て、指で陰唇を広げると位置を定めた。そして息を詰めて意を決し、ゆっくり腰を沈み込ませていった。

張り詰めた亀頭がじわじわ潜り込むと、あとは重みと潤いでヌルヌルッと滑らかに根元まで受け入れた。

「アアッ……！」

小梅が顔を仰け反らせて喘ぎ、ピッタリと股間を密着して座り込んだ。

新左もきつい締め付けと熱い温もり、充分な潤いと摩擦を感じながら、初めて生娘と一つになった感激を嚙み締めた。

彼女は真下から短い杭に貫かれたように硬直していたが、新左が両手を回して抱き寄せると、ゆっくり身を重ねてきた。

胸に張りのある乳房が密着し、恥毛が擦れ合い、コリコリする恥骨の膨らみも下腹部に伝わった。

「痛い？」

「ううん、思っていたほどでもないわ。でも奥が熱い……」

気遣って囁くと、小梅が小さく答え、異物を確認するようにキュッキュッときつく締め上げてきた。

新左は下から唇を重ね、舌を挿し入れて滑らかな歯並びを左右にたどると、やがて彼女も歯を開いて侵入を受け入れた。

滑らかに蠢く舌は、生温かな唾液に濡れて何とも美味しかった。

彼は快感に任せ、様子を探りながらズンズンと小刻みに股間を突き上げはじめると、

「ああ……、すごい……」

初めての感覚に小梅が口を離し、熱く喘いだ。

どうやら本当に破瓜の痛みはそれほどでもなく、むしろ好奇心を満たした充足感の方が大きいようだった。

小梅の口から吐き出される熱い息は湿り気を含み、何とも甘酸っぱく可愛らしい匂いが濃厚に彼の鼻腔を刺激してきた。

千香の匂いに似ているが、彼女は日野の野山の果実臭で、小梅は京の上品な果物の匂いのようだった。

試みに股間を突き上げはじめてみたものの、新左はあまりの快感に腰の動きが止まらなくなってしまった。それに小梅も、多恵に似て淫水の量が多く、すぐにも律動がヌラヌラと滑らかになった。

「アア……、何だか、いい気持ち……」

小梅が喘ぎ、突き上げに合わせてぎこちなく腰を動かしはじめた。

女の中には、初回から感じる子がいるのかも知れない。新左が次第に勢いを付けて股間を突き動かすと、溢れる淫水が彼のふぐりを濡らし、肛門の方にまで生ぬるく伝い流れてきた。

「唾を垂らして」

囁くと、小梅は動きながらためらいなく、愛らしい唇をすぼめると口に溜めた唾液をクチュッと吐き出してくれた。

彼は白っぽく小泡の多い清らかな粘液を舌に受けて味わい、うっとりと喉を潤して酔いしれた。

「下の歯を、私の鼻の下に引っかけて……」

さらにせがむと、小梅は可憐な口を開いて、下の歯を彼の鼻の下に当ててくれた。

新左は肉襞の摩擦に高まりながら、小梅の口の中の甘酸っぱく濃厚な匂いを胸いっぱいに嗅ぎ、たちまち昇り詰めてしまった。

「く……！」

彼は突き上がる大きな快感に呻き、熱い大量の精汁を勢いよくドクンドクンと柔肉の奥にほとばしらせた。

「あう、熱い……」

噴出を感じた小梅が呻き、まるで飲み込むようにキュッキュッと膣内を締め付けてきた。こうした反応も、実に多恵にそっくりであった。

新左は心地よい摩擦を心ゆくまで味わい、美少女の吐息で鼻腔を満たしながら最後の一滴まで出し尽くしてしまった。

満足しながら突き上げを止めて力を抜くと、

「アア……」

小梅も熱く喘ぎ、肌の硬直(こうちょく)を解いてグッタリと体重を預けてきた。

まだ膣内は息づくような収縮を繰り返し、刺激された一物がヒクヒクと過敏に内部で跳ね上がった。

「まだ、動いてはる……」

小梅が荒い息遣いで呟(つぶや)き、温もりを味わうようにきつく締め上げてきた。

新左は彼女の重みを受け止め、唾液の匂いの混じった濃厚な果実臭の吐息を胸いっぱいに嗅ぎながら、うっとりと快感の余韻に浸り込んでいった。

「情交がこういうものなら、もう恐くあらへん……」

呼吸を整えながら、小梅が囁いた。

「でも驚きました。いろんなところを舐めるやなんて……」

「ああ、婿殿が隅々まで舐めるかどうか分からないので、自分からせがまないようにに。それから婚儀の夜は、初めてのふりをするんだよ」

「あい、承知してます……」

言うと、小梅が答えた。何やら可憐な小娘が男を知った途端、強かな女に変わったかのように思えたものだ。

やがて彼女が股間を引き離して身を起こすと、新左も立ち上がり、一緒に湯殿へと移動していったのだった。

五

「ね、足をここに乗せて……」

湯殿の残り湯で互いの股間を洗い流すと、新左は簀の子に座り、目の前に小梅を立たせて言った。そして片方の足を浮かせ、風呂桶のふちに乗せて、開いた股間に顔を埋めた。

もう若草に籠もっていた大部分の匂いは薄れたが、舌を這わせると新たな蜜汁が溢れてきた。

「あう……、どうすれば……」

小梅が、刺激にガクガクと脚を震わせながら訊いてきた。

「ゆばりを出して」

新左は恥ずかしい要求をし、ムクムクと急激に回復していった。

「そ、そないなこと……」

「お願い、少しでいいから」

さらにせがんでオサネを舐め回し、柔肉の奥を舌で掻き回した。

「あう、また感じる……」

小梅は壁に手を突いて身体を支えながら、トロトロと蜜汁を漏らして呻いた。

そして吸われるうち尿意も高まったか、次第に奥の柔肉が迫り出すように盛り上がって蠢きはじめた。

「く、出ちゃう……」

やがて彼女が息を詰めて言うなり、チョロチョロと熱い流れがほとばしって新左の口に注がれてきた。

彼は受け止めて味わい、喉に流し込んだ。味も匂いも控えめで、飲み込むたびに甘美な悦びが胸に広がっていった。

「アア……」

小梅が喘ぎ、ゆるゆると放尿し続け、勢いを増していった。

口から溢れた分が温かく肌を伝い流れ、ピンピンに勃起している一物が心地良く浸された。

そして間もなく流れが治まると、彼はポタポタ滴る余りの雫をすすり、悩ましい残り香の中で割れ目内部を舐め回した。

「も、もう駄目……」

小梅が言って足を下ろし、力尽きたように座り込んできた。

それを支え、もう一度互いの全身を洗い流すと、新左は彼女を支えて立ち上がり、身体を拭いた。

また客間の布団に戻ると、全裸で添い寝した。

まだまだ、誰かが帰ってくる刻限までは充分に間があった。

「すごいわ。済んだあとは柔らかくなっていたのに、もうこんなに硬く……。何度でも出来はるのですか？」

「人によるよ。若いうちは続けて出来るし、やがて日に一回で済み、次第に間遠くなると思う」

小梅が無邪気に一物をいじりながら言うと、新左もヒクヒクと幹を震わせて答えた。

「じゃ、勃ってしまったから、新左はんはもう一回精汁を出さないと落ち着きまへんか？　私はもう充分。まだ中に何か入っているような気分やし……」

「うん。入れるのは、今日はもう止しておこう」

彼は答え、そのまま小梅の指で愛撫されながら唇を重ね、ネットリと舌をからめて唾液をすすった。

「ンン……」

小梅も、ニギニギと愛撫してくれながら熱く鼻を鳴らし、生温かな唾液に濡れた舌を蠢かせた。新左は小梅の唾液と吐息に酔いしれ、彼女の手のひらの中で最大限に膨張していった。

「ね、私の顔に思い切り唾を吐きかけて」

「そ、そないなこと無理です……」

せがむと、小梅が指の動きを止め、驚いたように息を震わせた。

「どうせ二人だけの秘密なんだから、どうか」

再三求めると、ようやく小梅も唾液を溜め、息を吸い込んでペッと吐きかけてくれた。

「ああ、どないしよう、お武家はんにこないなことして……」

小梅は自分のした行為に声を震わせたが、新左は顔中に甘酸っぱい吐息と生温かな唾液の飛沫(ひまつ)を受けて陶然(とうぜん)となった。

「ああ、気持ちいい……、ここ舐めて……」

彼はうっとりと喘ぎながら、小梅の顔を押しやり、乳首を突き出した。

すると彼女はチュッと彼の乳首に吸い付き、熱い息で肌をくすぐりながら舌を這わせ、指の動きも再開してくれた。

「嚙んで……」

さらに言うと、彼女は綺麗に並んだ歯でキュッと乳首を嚙んでくれた。

「あう、気持ちいいよ、もっと強く……」

新左は甘美な刺激に喘ぎながら、両の乳首を小梅に嚙んでもらった。

さらに小梅の顔を股間に押しやると、彼女も素直に移動して熱い息を股間に籠もらせてきた。

「じゃ、またしゃぶって。そこだけは噛まないようにね」

言うと、彼女は張り詰めた亀頭をくわえて吸い付き、舌をからめながら喉の奥までスッポリと呑み込んでいった。新左は、温かく清らかな小梅の口の中で幹を震わせ、ズンズンと小刻みに股間を突き上げた。

「ンン……」

小梅が喉の奥を突かれて呻き、新たな唾液を溢れさせながら、顔を上下させ、スポスポと強烈な摩擦を繰り返してくれた。

「い、いく……！」

たちまち新左は二度目の絶頂を迎えてしまい、溶けてしまいそうな快感の中でありったけの熱い精汁をドクンドクンと勢いよくほとばしらせてしまった。

「ク……！」

喉の奥を直撃された小梅が噎せそうになって呻き、それでも摩擦と舌の蠢きは続けてくれた。

新左は、生娘でなくなったばかりの小娘の口を汚す快感に身悶え、快感を噛み締めながら心置きなく最後の一滴まで出し尽くしてしまった。

「ああ、気持ちいい……」

彼は喘ぎ、すっかり満足しながら突き上げを止め、グッタリと四肢(しし)を投げ出していくと、ようやく小梅も唇と舌の動きを止めた。

「お願い、嫌でなかったら飲んで……」

荒い息遣いで言うと、小梅も亀頭を含んだままゴクリと喉を鳴らした。

「あう……」

飲み込まれると同時に口腔がキュッと締まり、彼は駄目押しの快感に呻きながら、ピクンと幹を震わせた。

彼女も飲み干すとチュパッと軽やかな音を立てて口を離し、なおもニギニギと幹をいじりながら、鈴口に脹らむ余りの雫までペロペロと念入りに舐め取ってくれたのだった。

「く……、も、もういいよ、有難(ありがと)う……」

新左は舌の刺激でヒクヒクと過敏に幹を震わせて呻き、腰をよじって言った。

ようやく小梅も舌を引っ込め、大仕事でも終えたように息を吐いて添い寝してきた。

新左は、彼女に腕枕してもらい、胸に包まれながら荒い呼吸を整えた。

「大丈夫？」

「ええ、すごい勢いで喉の奥に飛んだわ。生臭いけれど、嫌じゃなかった」

快感に任せ、強引に飲ませたことを気にしながら囁くと、小梅は本当に嫌ではなかったようで、正直な感想を洩らした。

新左は、彼女の熱い吐息を嗅ぎながらうっとりと余韻に浸った。

小梅の口から洩れる息に精汁の生臭さは残っておらず、さっきと同じ甘酸っぱい芳香がしていた。

「どうか、女将（おかみ）さんに気づかれないようにね」

「ええ、大丈夫。決して知られへんようにします。でも何だか、急に大人になった気持ちやわ……」

小梅が、彼を胸に抱きながら言う。

いかに顔立ちが可憐でも、考えてみれば同い年だから、もともと小梅の方が新左より大人びているのだろう。

実際小梅は客相手もしているし、日頃から大人とも接しているから、未熟な新左あたりが心配するようなことはないのかも知れない。

「これからも、たまにでいいからしてくれはりますか」

「うん、もちろん……」

新左は言われて答えたが、あまり挿入ばかりして子でも出来たら大騒動だろうから、もっぱら舐めたり舐められるような戯（たわむ）れでとどめるだけの方が良いかも知れない。

やがて小梅は身を起こして身繕いをし、自分の部屋に戻って髪を直した。

新左も起きて布団を畳み、身繕いをしてから情事の痕跡（こんせき）がないか室内を見回した。

（それにしても……）

京へ来てから良いことずくめである。新左は、知り合う女と全て情交出来る幸運を、恐ろしくさえ思うのだった。

第四章　出戻り美女の熱き欲望

一

「新左、今日は良いことがあった」

夕刻、新左が呼ばれて離れへ行くと千香が言った。竹刀(しない)の修繕でも手伝わされるかと思ったが、室内は片付いていた。

「ええ、何がありましたか？」

「竹刀や防具を屯所に運び込んでいると、斎藤先生が新人隊士の稽古(けいこ)をつけていたので、私も防具を着けて少し稽古させてもらった」

千香が言う。

斉藤一は、二人が最初に屯所に来たとき出会った精悍(せいかん)な男で、新選組では沖田総司と並んで剣術指南役を務めている。

「それはすごいですね」

「斎藤先生も、私の腕を見込んで下さり、入隊は難しいが稽古だけはつけに来られるよう近藤先生に頼んでくれるそうだ」

千香が嬉しげに言った。

まあ、女に負けてどうする、というような、新人を叱咤する材料にでもするのだろう。

「新人隊士の中には、お前より弱いのもいるぞ。新も稽古に来ないか」

「いいえ、私は遠慮しておきます。お店の手伝いもしているので」

「そうか、このまま町人になり、ここの娘の婿になるという道もあるな」

千香が言い、そのようなことを考えてもいなかった新左は驚いた。

「そ、それは無理でしょうね……」

「どうだか、女将もずいぶん新を気に入っているようだが」

「入り婿は、お多恵さんがあちこちで探しているようですから」

新左が答えると、千香が話を終えたようににじり寄ってきた。すでに床は敷き延べてある。

「夕餉にはまだ間があろう。久々だ。して……」

言うなり千香が脱ぎはじめ、新左も淫気を湧かせて帯を解いた。

生ぬるく甘ったるい匂いを揺らめかせ、たちまち一糸まとわぬ姿になった千香が、布団に仰向けになり身を投げ出した。

新左も全裸になって添い寝し、息づく乳房に顔を埋め込んで、乳首に吸い付き舌で転がした。

「う……」

千香が息を詰めて呻き、身構えるように逞(たくま)しい肉体を強ばらせた。

彼も顔中で膨らみを味わい、充分に舐めてから、もう片方の乳首も含んで愛撫した。

「ああ……、心地良い……」

千香も、離れだから声を殺すこともなく熱く喘いで言った。

新左は左右の乳首を堪能(たんのう)し、腋(わき)の下にも鼻を埋め込み、和毛(にこげ)に籠もった濃厚に甘ったるい汗の匂いを貪った。

胸を満たしてから引き締まった肌を舐め降り、筋肉の浮かぶ腹から腰、スラリとした脚まで舌を這わせた。

千香はされるまま、うっとりと彼の愛撫に身を任せ、熱く荒い呼吸を繰り返していた。

新左は野趣溢れる体毛のある脛を舐め降り、足首まで行って大きな足裏に回ると、舌を這わせて太い指に鼻を擦り付けた。

今日も奔走したり稽古したりして、指の股はジットリと生ぬるい汗と脂に湿り、ムレムレの匂いが濃厚に沁み付いていた。

彼は心ゆくまで貪り、爪先にしゃぶり付いて全ての指の股に舌を割り込ませて味わった。

「あう……」

千香が呻き、ビクリと反応した。

新左は両足とも味と匂いを吸い尽くすと、股を開かせて脚の内側を舐め上げていった。

ムッチリした内腿をたどって股間を見ると、すでに陰戸からはヌラヌラと大量の蜜汁が溢れていた。

彼は顔を埋め込み、柔らかな茂みに蒸れて籠もった汗とゆばりの匂いで鼻腔を満たし、舌を挿し入れて淡い酸味のヌメリを掻き回した。

まだ無垢な膣口の襞をクチュクチュと探り、味わいながら大きなオサネまで舐め上げていくと、

「アアッ……、そこ……」

千香がビクッと顔を仰け反らせ、内腿で彼の顔を締め付けながら喘いだ。

他の女たちを知ると、やはり千香のオサネが群を抜いて大きいことが分かった。大ぶりなそれを念入りに舐め回してから吸い付いた。

淫水の量も増し、数日ぶりだからか、彼女はすぐにも果てそうな勢いで身悶えた。

いったんオサネから離れると、彼は千香の両脚を浮かせて尻の谷間に鼻を埋め込み、顔中を双丘に密着させながら蕾に籠もった蒸れた微香を嗅ぎ、悩ましい刺激で胸を満たした。

舌を這わせて襞を濡らし、ヌルッと潜り込ませて滑らかな粘膜を味わうと、

「あう……、早く、前を舐めて……」

千香が呻き、キユッときつく肛門で舌先を締め付けてきた。

新左は舌を蠢かせて粘膜を探り、ようやく脚を下ろして再び陰戸に戻った。

そして本格的にオサネに吸い付くと、唾液に濡れた肛門に左手の人差し指を浅く潜り込ませ、濡れた膣口には右手の人差し指を差し入れ、前後の穴の内壁を小刻みに擦った。

「ああ……、それ、いい……」

千香も感じたようで、それぞれの穴できつく指を締め付けながら喘いだ。

白い下腹がヒクヒクと波打ち、彼は肛門に入った指を出し入れさせるように動かし、膣内の天井の膨らみを指の腹で圧迫しながら、なおも激しくオサネを舐め回して吸い付いた。

すると、たちまち淫水の量が増して、膣内の収縮が活発になっていった。

「い、いく……、アアーッ……!」

千香が声を上ずらせて身を反らせ、ガクガクと狂おしい痙攣を開始して激しく気を遣った。

潮を噴くように大量の淫水が彼の顔に降りかかり、なおもオサネを吸って前後の穴を擦っていると、

「も、もう堪忍……」

男っぽい千香がか弱い声を洩らし、硬直を解いてグッタリとなった。

新左も、いつになく激しく昇り詰めた千香に驚きながら舌を引っ込め、それぞれの穴からヌルッと指を引き抜いた。

「あう……」

千香が呻き、身を縮めてゴロリと横向きになった。

膣内に入っていた指は白っぽく攪拌(かくはん)された淫水にまみれて湯気を立て、指の腹はふやけてシワになっていた。肛門に入っていた指も汚れの付着はないが顔に寄せると微香が感じられた。

新左は添い寝し、向かい合わせに腕枕してもらった。

「アア……、すごく良かった。お前、女を知ったのではないか……」

千香が荒い息遣いを繰り返しながら、彼の目を覗き込んで言った。まだ生娘の癖に、余韻の中でも相当に勘が良いようである。

「い、いえ……」

「正直に言え。咎(とが)めはせぬ」

「お、女将に初物を捧げました……」

千香に見つめられると嘘は言えず、新左は答えていた。もっとも小梅や静乃とまでしたことは黙っていた。

「そうか……。無理矢理ではなかろうな」

「もちろんです。お多恵さんの方から……」

「うん、後家で淫気もあろうし世話になっているからな。慰(なぐさ)めてやると良い」

千香が物分かりの良いところを見せて言った。

「では、自分と情交した男を娘婿にするようなことはすまい。やはり自分の道は自分で考えるのだな」

彼女も、ようやく呼吸を整えながら言った。

新左は千香の手を握り、強ばりに導いた。

「女将にしてもらえば良いのではないか」

「そんなこと言わず、姉上がして下さい……」

甘えるように身を寄せると、千香もやんわりと手のひらに包み込み、ニギニギと愛撫してくれた。

「ああ、気持ちいい……」

新左はうっとりと喘ぎ、彼女の口に鼻を寄せて息を嗅いだ。

今日も千香の吐息は濃厚に甘酸っぱい果実臭を含み、悩ましく彼の鼻腔を刺激してきた。

「唾を出して……」

言うと千香は口中にたっぷりと唾液を溜め、上から顔を寄せてきた。形良い唇をすぼめ、白っぽく小泡の多い唾液がトロトロと吐き出されると、彼は舌に受け止めて味わった。

喉を潤して酔いしれたが、まだ口吸いはしてくれないらしい。

「ここ舐めて……」

乳首を突き出してせがむと、彼女は一物を愛撫しながら顔を移動させ、熱い息で肌をくすぐり、チュッと吸い付いて舌を這わせてくれたのだった。

二

「アア……、どうか、嚙んで下さい……」

身悶えながら新左が言うと、千香は頑丈（がんじょう）そうな歯でキュッときつく乳首を嚙んでくれた。

「あう……、つ、強すぎます……」

彼が甘美で激しい痛みに呻くと、千香もやや力を和（やわ）らげて、両の乳首をモグモグと愛撫してくれたのだった。

そして彼女は徐々に下降して、股間に顔を寄せてきた。

男の力を吸収したくて、精汁を飲むつもりのようだ。

熱い息が股間に吐きかけられ、粘液の滲む鈴口がチロチロと舐め回された。

千香も心得、そこだけは歯を立てることはないだろう。

「跨いで……」

新左が快感に幹を震わせて言うと、千香も張り詰めた亀頭にしゃぶり付きながら身を反転させ、女上位の二つ巴で彼の顔に跨がってきた。

彼は腰を抱き寄せ、まだ濡れている陰戸に顔を埋めて舌を這わせた。

「駄目、気が散る」

千香が亀頭から口を離し、腰をくねらせて言った。

「ね、姉上、ゆばりを出して」

「なに……」

言うと彼女がビクリと身じろいだ。

「飲みたいのか。確かに、水もないときは自分のゆばりで渇きを癒やすというから、毒ではなかろう」

「ええ、お願いします」

「少しなら出るかも……」

千香は答え、再び一物を呑み込みながら息を詰めると、下腹に力を入れて尿意を高めはじめた。

陰戸を舐めるとまた叱られるので、近々と口を寄せながら悩ましい熱気を嗅いで待っていると、中の柔肉が蠢き、亀頭を含む彼女の吸引が増した。

「ク……」

千香が小さく呻くなり、ポタポタと熱い雫が滴り、間もなくチョロチョロとか細い流れがほとばしってきた。

彼は開いた口を割れ目に付けて受け止め、夢中で飲み込んだ。

味も匂いもやや濃いが、こぼして布団を濡らすといけないので懸命に喉を鳴らし、仰向けなので噎せないよう気を付けた。

「ンン……」

千香が呻き、尻をくねらせて放尿しながら一物をしゃぶり続けた。

あまり溜まっていなかったようで、流れは一瞬勢いが付いたものの、すぐに治まってしまった。

新左は残り香の中で雫を舐め、ズンズンと股間を突き上げて絶頂を迫らせた。

千香も深々と含んで吸い付き、舌をからめながら顔を上下させ、濡れた口でスポスポと強烈な摩擦を開始してくれた。

熱い鼻息がふぐりをくすぐり、唾液にまみれた一物がヒクヒクと震えた。

「い、いく……、アアッ……！」

たちまち新左は昇り詰め、大きな快感に喘いだ。同時に、熱い大量の精汁がほとばしり、彼女の喉の奥を勢いよく直撃した。

「ウ……」

千香が小さく呻いて噴出を受け止め、なおもチューッと強く吸い出してくれたのだった。

新左は魂まで吸い取られるような快感に呻き、心置きなく最後の一滴まで出し尽くしてしまった。

「あう……、気持ちいい……」

満足しながらグッタリと身を投げ出すと、目の前にある陰戸からゆばり混じりの淫水がツツーッと垂れてきた。精汁を口に受けながら、彼女も淫気と快感を甦(よみがえ)らせているのだろう。

千香も動きを止め、亀頭を含んだまま口に溜まった精汁をゴクリと一息に飲み干してくれた。

「く……」

締まる口腔の刺激に呻き、彼は駄目押しの快感にピクンと幹を震わせた。

千香もようやくスポンと口を離し、なおもニギニギと幹をしごきながら、鈴口から滲む余りの雫まで丁寧に舐め取ってくれた。

「ああ、もういいです……」

新左が過敏に反応して腰をよじると、彼女も舌を引っ込めながら、彼の鼻と口に陰戸を押し付けてきた。彼も綺麗にするようにヌメリをすすり、柔肉を舐め回した。

「も、もう良い……」

やがて千香も言い、股間を引き離したのだった。

三

「あ、何なら私が手伝いましょう」

昼過ぎ、店が立て込みはじめ多恵が困っていたので、新左はそう言った。どうやら客の荷物を運ばねばならぬようだ。

「まあ、そないな……。でも、手が離せへんので、お願いできると助かります」

「ええ、構いませんよ。お客さんとご一緒して荷を運べばよろしいのですね」

多恵に言われ、新左は気さくに答えて外へ出た。刀は持たず、着流しの丸腰である。

店に回ると、三十少し前ぐらいの婀娜っぽい女が荷の隣で待っていた。

「ああ、それですか。持ちましょう」

新左が言い、大きな包みを二つ持ったが、それほど重くはない。聞くと紅白粉などの化粧道具らしい。

「申し訳ありません。雪枝と申します」

京訛りのない女が頭を下げて言った。

「新左です。堀川屋さんの居候のようなものでして」

彼も答え、包みを持って一緒に歩きはじめた。雪枝も、自分の風呂敷包みを小脇に抱えている。

「新左さんは江戸ですか」

言葉で分かるようで、雪枝が言った。

「ええ、江戸から外れた武州多摩の田舎です」

「そう、私は日本橋の髪結いに嫁いだのですが、十年住んで子が出来ず、主人が妾の子を家に入れたので別れて……。それからこちらに戻りました」

雪枝が笑みを含んで言う。

それですっかり京訛りも消えてしまったようだ。気の強そうな美女で、京育ちというより江戸娘の雰囲気があった。

今は身寄りもなく、芸妓相手に髪結いをして暮らしているらしい。

「あ、その路地の奥です」

雪枝が言い、新左が目を向けると、小綺麗な仕舞た屋があった。もともと身内が住んでいた自分の家だったのか、それとも世話をしてくれる旦那でもいるのか、それは分からない。

今日は休みらしく、髪結いの札も吊るしていなかった。

「どうぞ、お上がりください」

誘われて上がり込み、茶の間に通されると彼は荷を置いた。

「今お茶でも」

「いえ、すぐ戻りますので」

「少しだけ、せっかくですから」

雪枝は長火鉢の鉄瓶から急須に湯を注ぎすぐ茶を淹れてくれたので、彼も腰を下ろした。

「京へは何をなさりに？　新選組の方ですか？」

「いいえ、身内の用事に付き添っただけで、ずるずると居続けているのです」

新左は、熱い茶をすすって答えた。

「そう、堀川屋の女将には、もう食べられてしまった？」

急に雪枝が、砕（くだ）けた口調になり熱っぽく彼を見て言った。

「い、いいえ……」

「あの女将も、相当淫気が強く、旦那の早死にもそれが原因じゃないかなんて噂（うわさ）されていたけれど」

「そ、そうなんですか……」

「淫気が強いのは私も同じだけれど。まあ、顔が赤くなってきたわ」

雪枝が言い、遠慮なく新左を見つめ続けた。

「すぐお帰りにならなくてもよろしいのでしょう。もし、決まった人がいないのならば、私を慰めてくれませんか」

「え……」

新左は股間が熱くなり、激しく勃起してきてしまった。

「さ、お嫌でなければ」

雪枝が立ち上がり、彼を奥の座敷に招いた。そして彼女は、手早く床を敷き延べて帯を解きはじめたのだ。

「さあ、新左さんも脱いで」

言われて、彼も帯を解いて着流しと襦袢を脱ぎ、下帯を解いてしまった。

「まあ、勃ってるわ。嬉しい……」

雪枝が見て言い、自分も腰巻まで脱ぎ去り、襦袢姿で布団に横たわった。

新左も興奮に胸を高鳴らせて迫り、襦袢を開いて白い乳房を露わにさせた。

膨らみは豊かで形良く、甘ったるい匂いが生ぬるく立ち昇った。

吸い寄せられるようにチュッと乳首に吸い付き、顔中で柔らかな膨らみを味わいながら、もう片方の乳首も指でいじった。

「アア……、いい気持ち……」

雪枝がすぐにも熱く喘ぎ、クネクネと身悶えしはじめた。

新左は左右の乳首を交互に含んで舌で転がすと、

「い、入れて……」

雪枝が声を上ずらせてせがんだ。どうやら元の亭主は、すぐにも挿入する男だったようだ。

もちろん新左にすぐ入れて終えるつもりはない。

乳首を愛撫してから、乱れた襦袢の中に潜り込み、腋の下にも鼻を埋め込んでいった。生ぬるく湿った腋毛には、甘ったるい汗の匂いが濃厚に沁み付いていた。

「あう……、汗臭いでしょう……。お湯屋へ行っておけば良かった……」

雪枝が呻き、彼の顔を腋に抱え込みながら言った。

新左は熟れた体臭で胸をいっぱいに満たし、さらに襦袢を左右に広げて滑らかな肌を舐め降りていった。

肌は、まるで白粉でもまぶしたように白くスベスベで、彼は形良い臍を探って腰からムッチリした太腿へ降りていった。

「アア……、そんなことしなくていいのに……」

早く挿入を望む雪枝が戸惑ったように言いながら、次第に身を投げ出してされるがままになっていった。

チラと股間を見ると、恥毛は情熱的に濃く茂っている。

脚を舐め降り、足裏にも舌を這わせて指の股に鼻を割り込ませて嗅ぐと、やはり汗と脂に湿り、蒸れた匂いが濃く沁み付いていた。

爪先にしゃぶり付き、順々に指の間に舌を挿し入れて味わうと、

「あう……、そ、そんなこと……」

雪枝が驚いたように呻き、指先を縮めた。

新左は両足とも順々にしゃぶり、爪先の味と匂いを貪り尽くした。

大股開きにさせて脚の内側を舐め上げ、股間に顔を進めていくと、

「い、いけません……。まさか、舐めてくれるの……？」

雪枝が、羞恥と期待に声を震わせた。

近々と迫ると、黒々と艶のある恥毛がふんわりと茂り、下の方はすでに淫水の雫を宿していた。

割れ目からはみ出す陰唇は綺麗な桃色で、指で広げると濡れた膣口が息づき、光沢あるオサネが程良い大きさでツンと突き立っていた。

「アア……、そんなに見ないで……」

障子越しに午後の陽射(ひざ)しを受けながら雪枝が喘ぎ、彼の熱い視線と息を感じるだけで新たな淫水が湧き出してきた。

茂みに鼻を埋め、擦り付けて嗅ぐと甘ったるい汗の匂いと、ほのかなゆばりの

刺激が鼻腔を掻き回してきた。

「いい匂い」

「ああ、嘘……」

嗅ぎながら思わず新左が言うと、雪枝は声を震わせ、内腿でキュッときつく彼の両頬を挟み付けてきた。

新左はもがく腰を抱え込み、陰唇の内側に舌を挿し入れていった。

舌先で膣口の襞を掻き回し、滑らかな柔肉をたどってオサネまで舐め上げていくと、

「アアッ……！」

雪枝がビクッと身を反らせて喘ぎ、内腿に力を込めた。

やはり生まれた土地も育ちも歳にも変わりなく、女たちはオサネが最も感じるようだった。

新左はチロチロと執拗にオサネを舐め回しては、溢れる淫水をすすった。

さらに両脚を浮かせ、白く形良い尻の谷間にも鼻を埋め込み、双丘の感触を味わいながら蕾に籠もる匂いを貪った。

生々しい微香で鼻腔を刺激されてから、舌を這わせて息づく襞を濡らし、ヌル

ッと潜り込ませて滑らかな襞を探ると、

「あう、駄目……！」

雪枝が驚いたように呻き、キュッと肛門で舌先を締め付けた。

新左が中で執拗に舌を蠢かすと、

「も、もう堪忍……」

彼女が尻を庇うように、ゴロリと横向きになってしまった。

「お願い、どうか入れて……」

そしてなおも雪枝がせがむので、新左は彼女をそのままうつ伏せにさせ、乱れた襦袢を完全に引き脱がせて尻を突き出させた。

「う、後ろから……？　恥ずかしいわ、この格好……」

彼女も四つん這いになって顔を布団に埋めながら、白く豊満な尻を持ち上げて声を震わせた。

新左は膝を突いて股間を進め、後ろ取り（後背位）で先端を膣口に押し込んでいった。

ヌルヌルッと一気に根元まで貫くと、

「アアッ……！」

雪枝が白い背を反らせて喘ぎ、キュッと締め付けてきた。

彼の股間に尻の丸みが当たって弾み、それが何とも心地よく、後ろ取りも良いものだと知った。

新左は股間を密着させたまま彼女の背に覆いかぶさり、両脇から回した手で豊かに弾む乳房を揉みしだいた。

すると彼女が自分から尻を前後に動かし、合わせて新左も腰を突き動かしはじめた。溢れる淫水が動きを滑らかにさせ、彼女の内腿にも伝い流れた。

揺れてぶつかるふぐりも生温かく濡れ、新左もジワジワと高まってきた。

しかし、やはり顔も見たいし唾液や吐息も欲しいので、彼はいったん動きを止めてヌルッと引き抜いた。

「あう……」

快楽を中断された雪枝が不満げに呻き、力が抜けたように横向きになった。

新左は、彼女の下の内腿に跨がり、真上に差し上げた脚に両手でしがみつきながら、今度は松葉くずしの体位で挿入していった。

「アア、いい……」

横向きのまま雪枝が喘ぎ、クネクネと腰を動かしてきた。

互いの股間が交差して内腿が擦れ合い、これも実に乙(おつ)な感覚である。

吸い付くような密着感が高まり、滑らかに擦れるふぐりも心地良かった。

しかし、やはり顔が遠いので彼は再び引き抜き、雪枝を仰向けにさせた。

そして最後は本手(ほんて)(正常位)でと、先端を押し当てて感触を味わいながら滑らかに根元まで挿入すると、

「ああ……、気持ちいい……」

雪枝が喘ぎ、もう抜かないでというふうに両手を回して抱き寄せてきた。

新左も脚を伸ばして身を重ね、胸で柔らかな乳房を押しつぶした。

上からピッタリと唇を重ねて舌を潜り込ませると、

「ンン……」

雪枝が熱く鼻を鳴らし、チュッと彼の舌先に吸い付いてきた。

待ちきれないように彼女がズンズンと股間を突き上げると、新左も舌をからめながら腰を突き動かした。

何とも心地良い摩擦が幹を包み、すぐにもピチャクチャと淫らに湿った音が響いてきた。

「アア……、いきそう……」

雪枝が淫らに唾液の糸を引いて口を離し、熱く喘いだ。

湿り気ある吐息は、肉桂に似た匂いがして鼻腔を刺激してきた。

新左も高まり、彼女の悩ましい吐息を嗅ぎながら絶頂を目指そうと動きを速めたが、

「待って、お尻に入れてみて……」

いきなり雪枝が言ったのだ。

「え？　大丈夫かな……」

「前から、陰間はどんな心地か試してみたかったの」

彼女が言う。淫気の強い雪枝は、あらゆるところで感じてみたいようだった。

あるいは多恵ばかりでなく、雪枝の離縁の一因に荒淫があったのではないかと思ったほどだった。

新左も好奇心を湧かせて身を起こすと、一物を引き抜いた。

すると雪枝が自ら両脚を抱えて浮かせ、あお向けのまま尻を突き出してきたのである。

見ると可憐な肛門は、陰戸からの滴りを受けてヌメヌメと妖しく潤っていた。

「じゃ、痛かったら言って下さいね。すぐ止しますから」

新左は言い、淫水に濡れた先端を肛門に押し付け、呼吸を計りながらゆっくりと押し込んでいった。

よほど呼吸が合っていたのか、蕾が丸く押し広がり、襞を伸ばして光沢を放ちながら、最も太い亀頭の雁首まで呑み込んでいった。

新左は、初めての新鮮な感覚に包まれ、出戻り美女の最後に残った生娘の部分を味わったのだった。

四

「あう、いいわ、もっと奥まで来て……」

雪枝が眉をひそめて呻き、汗を滲ませながらも言った。

新左がズブズブと根元まで押し込んでいくと、股間に尻の丸みがキュッと心地よく密着して弾んだ。

さすがに入り口はきついが、中は思ったより楽で、ベタつきもなく滑らかな感じだった。

「突いて……、中に出して……」

雪枝も、痛みや違和感よりも願いを叶えた満足感に息を弾ませて言った。

そして新左が小刻みに動きはじめると、

「アア、いい気持ち……」

彼女は喘ぎ、自ら乳首をつまんで動かし、もう片方の手で空いた陰戸をいじりはじめたのだ。

ヌメリを付けた指の腹でクリクリとオサネを擦り、その刺激に膣内が蠢くと、連動するように肛門がキュッキュッと締まった。

「ああ、いく……！」

新左は、摩擦快感と締め付けに高まり、あっという間に昇り詰めて喘いだ。

同時に熱い大量の精汁が、ドクンドクンと内部に勢いよくほとばしった。

中に満ちるヌメリで、さらに動きがヌラヌラと滑らかになった。

「ああ、熱いわ、いく……、アアーッ……！」

すると雪枝も声を上げ、ガクガクと狂おしく痙攣して気を遣ってしまったのである。

摩擦の刺激というよりも、自らいじっている乳首やオサネへの愛撫で果てたのかも知れない。

内部が繋がっているように、膣と肛門が一緒に収縮し、その快感の中で新左は最後の一滴まで出し尽くしていった。

満足しながら動きを止めると、

「アア……」

雪枝も声を洩らし、肌の硬直を解いてグッタリと身を投げ出した。

すると肛門のヌメリと締め付けで、引き抜くまでもなく一物が押し出され、ツルッと抜け落ちた。

何やら美女に排泄されたような興奮が湧き、丸く開いた肛門は一瞬粘膜を覗かせたが、特に傷ついた様子もなく、見る見るすぼまって元の可憐な形に戻っていった。

汚れもないようだが、彼は懐紙に手を伸ばそうとした。

「洗った方がいいわ……」

すると余韻に浸る暇もなく雪枝が言って身を起こし、彼と一緒に裏の勝手口へと行った。

外に出ると井戸端があり、簀の子が置かれていた。夏は行水も出来るように葦簀が立てかけられ、垣根越しに覗かれるようなこともない。

甲斐甲斐(かいがい)しく雪枝が水を汲んで彼の一物を洗ってくれ、合間に自分の股間も流した。

「さあ、ゆばりを放って。中も洗い流さないと」

彼女が言い、新左も懸命に息を詰めて尿意を高め、何とか回復しそうな一物からチョロチョロと放尿した。

出しきると雪枝がもう一度水で洗い、屈み込んで消毒でもするようにチロッと鈴口を舐めてくれた。

「あう……」

新左は刺激に呻き、見る見るムクムクと回復し、すぐにも元の硬さと大きさを取り戻してしまった。

「雪枝さんも、ゆばりを出して」

彼は簀の子に座って言い、目の前に雪枝を立たせた。

そして片方の足を浮かせると、井戸のふちに乗せさせ、開いた股間に顔を埋め込んでいった。

濡れた茂みの匂いは薄れていたが、まだ陰戸で満足していないせいか、舌を這わせると新たな淫水が溢れてきた。

「アア……、出そうよ、いいの……？」

雪枝が息を詰めて言い、ガクガクと膝を震わせた。

返事の代わりに舌を挿し入れると、奥の柔肉が迫り出すように盛り上がり、温もりが増して味わいが変わった。

「あう、出る……」

雪枝が言うなり、息づく割れ目の間からチョロチョロと熱い流れがほとばしってきた。

舌に受けると、温もりとともに淡い味と匂いが感じられ、彼は抵抗なく喉に流し込むことが出来た。

「アア……、こんなことするなんて……」

雪枝は声を震わせながら勢いを増して放尿し、彼の口から溢れた分が湯気を立てて胸から腹に伝い流れ、回復した一物を温かく浸（ひた）した。

間もなく流れが収まると、新左は残り香を味わいながら余りの雫をすすり、柔肉を舐め回した。

「も、もう駄目、続きはお布団へ戻ってから……」

雪枝が脚を下ろして言い、しゃがみ込んでまた股間を洗った。新左も流してから身体を拭き、一緒に座敷の布団に戻っていった。

「ああ、こんなに大きく……」

雪枝が、仰向けになった彼の股間に屈み込んで言い、張り詰めた亀頭にしゃぶり付いてきた。

スッポリと喉の奥まで呑み込み、彼の股間に熱い息を籠もらせながら舌をからめ、幹を丸く締め付けて吸った。

「ああ、気持ちいい……」

新左も快感に喘ぎ、彼女の口の中で生温かな唾液にまみれた幹をヒクヒク震わせた。そして小刻みに股間を突き上げると、

「ンン……」

雪枝も熱く鼻を鳴らし、顔を上下させてスポスポと摩擦してくれた。

「い、いきそう……」

すっかり高まった彼が言うと、すぐに雪枝もスポンと口を引き離した。

「今度は前に入れて中に出して……」

「じゃ跨がって、茶臼(ちゃうす)でどうか」

彼が答えると、雪枝は身を起こして前進し、一物に跨がってきた。

幹に指を添え、先端に割れ目を押し当てると、位置を定めてゆっくり腰を沈み込ませていった。

張り詰めた亀頭が潜り込むと、あとはヌルヌルッと滑らかに根元まで呑み込まれ、互いの股間がピッタリと密着した。

「アア……、いいわ……」

雪枝が完全に座り込み、顔を仰け反らせて喘いだ。

新左も肉襞の摩擦と温もり、きつい締め付けと潤いを感じながら、両手を伸ばして彼女を抱き寄せた。

雪枝も身を重ね、彼の胸に乳房を押し付けながら、すぐにも自分から腰を遣いはじめた。

彼は僅(わず)かに両膝を立て、弾む豊満な尻を支え、下から両手でしがみつきながら合わせてズンズンと股間を突き上げた。

たちまち溢れる淫水で動きが滑らかになり、彼女もやはり正しい場所で果てたいかのように、貪欲にキュッキュッときつく締め上げてきた。

新左も、肛門に入れるのも新鮮で良いが、やはり陰戸に収まってともに果てるのが最高だと実感した。

「唾を垂らして……」

言うと、雪枝は喘ぎながら形良い唇をすぼめ、トロリと吐き出してくれた。

舌に受けて味わい、うっとりと喉を潤しながら彼は突き上げを強めた。

さらに彼女の顔を引き寄せ、喘ぐ口に鼻を押し込んで、熱く籠もる肉桂臭の息を胸いっぱいに嗅いだ。

すると彼女も、まるで一物をしゃぶるように鼻を舐め回し、生温かな唾液でヌルヌルにしてくれた。

「い、いく……！」

新左は、美女の唾液と吐息の匂いに包まれて喘ぎ、心地良い摩擦の中で昇り詰めてしまった。同時に、ありったけの熱い精汁がドクンドクンとほとばしり、奥深い部分を直撃すると、

「い、いいわ、アアーッ……！」

雪枝も噴出を感じた途端に気を遣り、声を上ずらせながらガクガクと狂おしい痙攣を開始したのだった。

強まる収縮の中で彼は快感を嚙み締め、最後の一滴まで出し尽くしていった。

すっかり満足しながら徐々に突き上げを弱めていくと、

「ああ……、すごいわ、こんなの初めて……」

雪枝も声を洩らし、強ばりを解いてグッタリともたれかかってきた。

何しろ全ての体位を味わい、肛門の挿入も体験し、ゆばりまで飲んだあと、こうして共に昇り詰めたのである。

とても、初対面とは思えぬ相性の良さで、二人は快楽を分かち合った。

まだ息づく膣内で、彼はヒクヒクと過敏に幹を震わせ、かぐわしい吐息を嗅ぎながら、うっとりと快感の余韻を味わったのだった。

五

「やあ、新。お使いの帰りかい？」

雪枝の家から帰る途中、新左は総司に声をかけられた。浅葱(あさぎ)色の段だら羽織の連中が一緒なので、見回りの帰りだろう。

若い隊士たちは血気盛(けっきさか)んな面構(つらがま)えをしているが、総司の古い知り合いとして、新左のことを睨(にら)むものはいない。

「寄っていきなさい。今頃、千香さんが稽古をつけているでしょうから」

「ええ、では少しだけ」

言われて、新左も興味を覚えて同行することにした。

屯所に着くと、庭から撃剣の音と掛け声が聞こえてきた。

庭で新人隊士たちが稽古をし、総司と並んで指南役の斎藤一が、恐い顔で皆の様子を見ていた。

面小手(めんこて)を着けていても千香はすぐに分かった。新左が見ると、いくら勢いを付けてかかっていっても、隊士たちは手ひどく叩かれ続けていた。

「千香さんはすごい強さで、斎藤さんも舌を巻いていますよ」

総司が笑みを浮かべて言った。軽い咳(せき)をしているので風邪でも引いたか、今日は稽古はしないらしい。

「新、ちょっと」

すると、そこへ歳三が顔を出して彼を呼んだ。歳三は段だらの制服ではなく、普通の黒い羽織姿である。

「はい」

新左は答え、総司に辞儀(じぎ)をして奥へ入った。

そして座敷に通されると、そこに勇がいた。

「近藤先生、お久しゅうございます」

　新左は驚いて言い、膝を突いて頭を下げた。

　今までは、たまに出稽古に来る当流の若先生だったが、今は京の人々に恐れられる新選組の局長であり、新左もその風格に緊張してしまった。

「新左か。まあ楽にしなさい」

　勇が四角い顔で言うと、歳三も横に座って腕を組んだ。

「千香さんがお世話をかけているようで、申し訳ありません」

「いや、隊士たちの稽古に活気が出てきたのは良いことだ。ただ、京の街は今以上に騒然となってくるだろう。出来れば日野へ帰したいのだが、君からも言ってもらいたい」

　勇が言い、大きな口を引き結んだ。

「はい、ただ私の言うことを素直に聞くような人ではありません。千香さんは、私だけ帰れと言うのですが、彼女を置いて一人で帰るわけにいきませんし」

「ああ、千香は入隊する気満々で見回りにも同行したいようだが、女では目立つし、たちまち浪士たちに狙われることだろう。どちらにしろ、入隊させる気はないので、私からも言うつもりだ」

「はい、よろしくお願いします」

新左が言うと、やがて勇は立って部屋を出て行った。

残った歳三が、新左に向き直った。

「ときにお前、髪結いの雪枝という女を知っているか」

いきなり言われ、新左はビクリと反応した。さっきまで、雪枝と二人で懇ろな一時を過ごしていたのである。

「知っているようだな」

「ほ、堀川屋のお得意さんです。荷を届ける手伝いで、家まで行ったこともあります」

「そうか。浪士が出入りしているような様子はないか」

「特に……、何か雪枝さんをお疑いなのでしょうか」

新左は気になって訊いてみた。

「いや、そうではない。髪結いには多くの芸妓が出入りしている。その中には勤王浪士の女も交じっているはずなのだ。あるいは雪枝も、芸妓に頼まれて浪士を匿うようなことをしないかと思ったのだが」

「そうですか」

雪枝本人が疑われているようではなく、新左は少し安心した。

「もし、また訪ねることでもあれば気を付けてくれ」

「承知いたしました。何か気づいたことがあれば報告いたします」

新左は答えた。

何やら躍起になっている千香以上に新選組に入り込み、副長である歳三直々の依頼を受けたようなものだった。

歳三は、懐中からまた二分銀を出して彼に手渡した。

「世話になっている女将に渡してくれ」

「分かりました。有難うございます」

やがて歳三が立ち上がり奥へ入っていったので、辞儀をした新左はまた庭に戻った。

すると縁側に、総司と井上源三郎が座って稽古を見ていた。

「井上さん、ご無沙汰しております」

「おお、新か。総司から聞いて、京へ来ているとは知っていたんだが」

挨拶すると、源三郎も笑顔で答えた。

やはり彼も日野出身で、千香と同じく八王子千人同心の家柄だった。総司の姉おみつは井上家から婿を取った。

やけに老成(ろうせい)した雰囲気だが、源三郎も実際はまだ三十半(なか)ばである。

「千香も腕を上げたなあ。わしはもうあんなに動けんよ」

源三郎は感心したように言った。

日が傾いてきたので、ひとしきり稽古も終わりのようで、一同は面小手を外した。

「新、防具を借りてかかってこないか」

千香が汗ばんだ顔で言ってきた。

「いえ、遠慮します。お使いの途中ですので」

「ふん、着流しで脇差も帯びずに歩き回るとは」

彼女が汗を拭きながら言い、稽古していた隊士たちは皆井戸端へと行った。

「じゃ私がお願いしましょうか」

軽く咳払いした総司が言って立ち上がり、素面素小手のまま竹刀を手にした。

「沖田さん……」

「どうぞ、面を着けて」

千香が驚いて言うと、総司は笑顔で答えた。すると千香は急いで面小手を着け直し、彼と対峙した。

どうやら、京へ来て総司と稽古するのは初めてらしく、千香は多少緊張し、正眼に構えながらも切っ先が上下していた。

総司は笑みを浮かべながら、やはり正眼に構えている。

彼が防具を着けていなくても、千香は動けないらしい。遠慮ではなく、死線をくぐってきた剣士の迫力に硬直しているのだ。

見ているのは新左と源三郎、そして一だけだった。

「ヤッ……!」

やがて千香が意を決して気合いを発し、勢いよく踏み込んで面を取りに来た。

しかし総司の切っ先が、電光のように彼女の喉を捉えていた。

「ウ……」

千香は呻き、そのまま仰向けに倒れて昏倒してしまった。

「総司、手加減せんか」

源三郎が言って駆け寄り、一と一緒に彼女の面や防具を外してやった。

「手荒すぎましたね。でも懲りるでしょう。何とか日野に帰るよう説得して下さいね」

総司が新左に言った。

最初の頃は、総司も新選組の手伝いを進言してくれたが、やはり騒然となりつつある京に彼女を残したくなかったようだ。

そして隊士たちが引き揚げたあとに稽古したのも、総司は彼女の誇りを大事にしてくれたからなのだろう。

「分かりました」

新左が言ってしゃがみ込むと、源三郎が彼の背に気絶している千香を背負わせてくれた。

「では、失礼いたします」

新左は三人に言って辞儀をし、千香を背負って屯所を出た。

着物ごしに背に当たる胸の膨らみ、腰に当たるコリコリする恥骨の感触、そして濃厚な汗の匂いと、肩越しに感じる甘酸っぱい吐息に、思わず新左は股間を熱くさせてしまった。

そして堀川屋の離れに戻ると、敷いてある布団に千香を寝かせ、濡れ手拭(てぬぐ)いを用意して痣(あざ)になっている喉に当ててやった。

もちろん頑丈に出来ているから、間もなく目を覚ますことだろう。

新左は、またあとで様子を見ようと思い、まず母屋に戻ろうとした。

すると小さく、千香が呟いたのだ。

「嬉しい、沖田さんが本気で戦ってくれた……」

新左は、そのかすれた声に振り返ったが、寝言だったらしく、また千香は昏々(こんこん)と眠った。

彼は嘆息(たんそく)して離れを出た。

どうやら懲りるどころか、まだ千香の情熱は冷めていないようである。新左は何と言って説得したものかと思いながら、母屋に戻ったのだった。

第五章　二人がかりの快楽三昧（ざんまい）

一

「まあ、千香はんがお怪我（けが）を？」

「いえ、怪我というほどのことはありません。稽古（けいこ）では、ままあることです」

新左が多恵に報告すると、彼女は目を丸くした。

「間もなく気づくでしょうから、あとで様子を見に行きます」

「そう、じゃ小梅に夕餉（ゆうげ）を持たせます」

多恵が言い、新左は二分銀を差し出した。

「これ、土方さんからです」

「まあ、もう頂いておりますので、これはお返しいたします」

「あれは私たちがすぐ出て行くと思ったので。それが長引いていますから、どうか。私に返されても困ります」

新左は何とか金を受け取ってもらい、夕餉を済ませた。

すると小梅が粥を持って離れへと行って、すぐ帰ってきた。

「千香はん、もう気づきはりました。今夜は私が付き添いますので」

小梅は言い、手拭いや桶を持って離れへと戻っていった。

前から小梅は、男装の千香に憧れの眼差しを向けていた。親身になって看護したいようだった。

それならと千香のことは小梅に任せ、急に新左は多恵に熱い淫気を湧かせてしまった。

新左が客間に入って寝巻に着替えると、間もなく多恵も寝巻姿で入ってきた。

多恵もまた娘が母屋からいなくなったこともあり、彼の淫気が伝わったようで、その気になったようだ。静乃は赤ん坊と一緒だから、まず部屋から出てくることはないだろう。

「千香はんのこともご心配でしょうが、よろしおすか……」

「ええ、もちろん」

艶めかしい声音で言われ、新左は答えながら、着たばかりの寝巻を脱いだ。

多恵も帯を解き、寝巻を脱ぎ去ると下には何も着けていなかった。

新左は彼女を仰向けにさせると、足の裏から舌を這わせはじめた。

「あう、またそないなことを……」

多恵が呻き、それでも拒まず熟れ肌を投げ出してくれた。

彼は指の股に鼻を押し付け、濃厚に蒸れた匂いを貪り、舌を割り込ませて汗と脂の湿り気を味わった。

そして両足とも味と匂いを貪り尽くすと、股を開かせて脚の内側を舐め上げていった。

白くムッチリと張り詰めた内腿をたどり、熱気の籠もる股間に迫ると、すではみ出した陰唇はネットリとした大量の蜜汁に潤っていた。

顔を埋め込み、柔らかな茂みに鼻を擦りつけて嗅ぐと、隅々には生ぬるく甘ったるい濃厚な汗とゆばりの匂いが沁み付き、悩ましく鼻腔を刺激してきた。

新左は熟れた匂いを貪り、舌を挿し入れていった。

かつて小梅が生まれ出た膣口もたっぷりと淫水にまみれ、彼は淡い酸味のヌメリを掻き回しながら、柔肉をたどってツンと突き立ったオサネまで舐め上げていった。

「アアッ……、ええ気持ち……」

多恵が顔を仰け反らせて喘ぎ、内腿でキュッときつく彼の顔を挟み付けた。

新左はチロチロとオサネを舐め回し、充分に匂いに酔いしれてから、さらに彼女の両脚を浮かせ、白く豊満な尻に迫った。

張りのある双丘に顔中を密着させて、谷間の蕾に鼻を埋めて嗅ぐと、やはり秘めやかな匂いが蒸れて籠もり、鼻腔を刺激してきた。

彼は薫りを胸に満たしてから舌を這わせ、息づく蕾を舐め回してヌルッと潜り込ませ、滑らかな粘膜を味わった。

「あう、駄目……」

多恵が呻き、キュッと肛門で舌先を締め付けてきた。

新左は舌を蠢かせてから脚を下ろし、再び陰戸に戻って大量のヌメリをすすり、オサネに吸い付いていった。

「い、入れて……」

急激に高まったように多恵が言い、ヒクヒクと白い下腹を波打たせせた。

新左も味と匂いを堪能してから身を起こし、挿入の前に彼女の豊かな乳房に跨がった。

すると彼女も、両側から一物を谷間に挟んでくれたのだ。

肌の温（ぬく）もりと柔らかな感触に包まれ、彼自身は乳房の谷間で最大限に勃起していった。

さらに多恵が顔を上げて舌を伸ばし、粘液の滲（にじ）む鈴口をチロチロとしゃぶってくれた。そのまま新左は股間を進めて、彼女の口にスッポリと一物を潜り込ませていった。

「ンン……」

多恵が上気した顔で呻き、頬をすぼめてチュッと吸い付いてきた。

新左も生温かく濡れた口に根元まで押し込み、ヒクヒクと幹（みき）を震わせて快感を味わった。

口の中ではクチュクチュと舌が満遍（まんべん）なく蠢き、たちまち彼自身は清らかな唾液にまみれた。

「ああ、気持ちいい……」

新左が喘ぐと、さらに彼女は口を離すとふぐりにもしゃぶり付き、睾丸を転がしながら袋を生温かな唾液に濡らしてくれた。

そして尻の真下にも潜り込み、チロチロと肛門を舐め回し、ヌルッと潜り込ませてきたのだ。

「あう……」

新左は呻きながら充分に高まり、やがて多恵の顔から股間を引き離して、また彼女の陰戸に戻っていった。

そして先端を濡れた陰戸に押し付け、本手（正常位）でゆっくり根元まで挿入していった。

「アア……、いい……！」

ヌルヌルッと滑らかに潜り込み、股間が密着すると多恵が身を弓なりに反らせて熱く喘いだ。

新左も脚を伸ばして身を重ね、温もりと感触を味わいながら屈み込み、乳首にチュッと吸い付いて舌で転がした。

多恵も下から両手でしがみつき、さらに若い男を貪欲に味わうように、両脚まで彼の腰にからみつけてきたのだった。

彼はキュッキュッと締まる膣内の蠢きに酔いしれ、左右の乳首を交互に含んで舐め回した。

さらに多恵の腕を差し上げ、色っぽい腋毛の煙る腋の下にも鼻を擦りつけ、生ぬるく甘ったるい汗の匂いで胸を満たした。

「ああ、突いて、強く奥まで、何度も……」

多恵が喘ぎ、待ちきれないようにズンズンと股間を突き上げはじめた。

新左も腰を突き動かし、何とも心地良い肉襞の摩擦に高まった。

揺れてぶつかるふぐりも生温かな淫水にまみれ、律動が滑らかになるとクチュクチュと湿った音も淫らに響いてきた。

いつしか互いに股間をぶつけるように激しく動きながら、新左は上からぴったりと唇を重ねていった。

「ンン……」

多恵が熱く鼻を鳴らし、ネットリと舌をからめてきた。

新左も滑らかに蠢く舌を舐め回し、生温かな唾液をすすりながら絶頂を迫らせていった。

「アア、いきそう……！」

多恵が口を離して喘ぎ、ガクガクと腰を跳ね上げて膣内の収縮を高めた。

彼も、美女の吐き出す白粉臭の息を嗅ぎながら高まり、そのまま摩擦の中で昇り詰めてしまった。

「く……！」

大きな絶頂の快感に呻き、ありったけの熱い精汁をドクンドクンと勢いよく注入すると、

「ヒッ、いく……、ああーッ……!」

噴出を感じた途端に気を遣り、多恵は狂おしい痙攣と収縮を繰り返した。

新左は心ゆくまで快感を嚙み締め、激しく腰を遣いながら最後の一滴まで出し尽くしていった。

なおも股間をぶつけ、やがて力尽きたように彼は動きを止めると、大きな満足の中で多恵にもたれかかっていった。

「ああ……」

多恵も熟れ肌をヒクヒクと息づかせながら強ばりを解き、声を洩らしてグッタリと身を投げ出した。

遠慮なく体重を預けると、まだ膣内が名残惜しげな収縮を繰り返し、刺激された一物がヒクヒクと内部で過敏に跳ね上がった。そのたび、応えるように彼女もキュッときつく締め付けてきた。

新左は重なったまま、多恵の喘ぐ口に鼻を押し付け、かぐわしい白粉臭の吐息を嗅ぎながら、うっとりと余韻を味わったのだった……。

二

「今日は私が、ずっと千香はんを見ていますので」

　翌朝、小梅が離れから朝餉の空膳(からぜん)を下げて新左に言った。どうやら多恵に言われ、今日の小梅は店を手伝わなくて良いようだ。

　新左は、朝餉を済ませ朝一番の湯屋から戻ったところである。

「うん、じゃ私も様子を見にいこう」

　彼は言い、小梅と一緒に離れへと行った。

　すると千香が布団(ふとん)に横になっていた。

「いかがですか、具合は」

「ああ、もう大して痛まぬし、こうして声も出る」

　訊(き)くと、千香がごく普通の声で答えた。

「沖田さんは、女の身で隊士は務まらないと分からせるために手ひどく稽古してくれたのだと思う。私も、せっかくだから身体を休めて今後のことをいろいろと考えたい」

「そうですか」

新左は答えながら、部屋に生ぬるく籠もる濃厚に甘ったるい匂いに股間を反応させた。

何しろ小梅も泊まり込み、女二人が一晩過ごした匂いが残っているのだ。

布団はひと組だけだから、どうやら小梅も姉に甘えるように二人でくっついて眠ったのだろう。

昨夜、小梅は彼女の汗ばんだ稽古着と袴を脱がせて身体を拭いてやり、新たな乾いた寝巻を着せ、甲斐甲斐しく喉を冷やす手拭いを何度となく替えていたようだった。

「小梅には良くしてもらった。何やら妹が出来たようだ」

千香が言うと、小梅が嬉しげに頬を染めた。

「ときに新、お前は小梅の初物を奪ってしまったようだな」

「そ、そんなことを話したのですか……」

言われて新左は驚き、二人の顔を交互に見た。

「実は、女同士で少しだけ戯れ、そのことを聞いたのだ」

千香が言う。もちろん彼女は、新左が多恵とも情交したというような余計なことは、小梅には言っていないだろう。

「ごめんなさい、新左はん、あんまり心地良くされて訊かれたので、つい本当のことを……」

小梅がモジモジと言った。

「どのようなことを二人で……？」

「少し、いじり合っただけだ。お前に舐められて果てるのとは、また違った心地良さがあった」

千香は言い、どうやら自分たちのしてきたことも小梅に包み隠さず打ち明けてしまったらしい。

それより新左は、逞しい女丈夫と可憐な小娘が、指だけにしろ陰戸をいじり合ったことを聞いて、痛いほど股間を突っ張らせてしまった。

「そこで、情交とはどのようなものか見てみたい。脱いでくれ」

「え……？」

言われて新左が目を丸くすると、千香は身を起こして寝巻を脱ぎ去り、小梅もモジモジと帯を解きはじめたではないか。

どうやら二人で申し合わせていたらしく、新左も激しく興奮を高めながら着流しを脱いでいった。

「じゃ、ここに寝てくれ」

新左が下帯まで取り去って全裸になると、千香が場所を空(あ)けて言った。

彼も激しく勃起しながら布団に仰向けになると、たっぷり沁み付いた二人の匂いが鼻腔を刺激してきた。

たちまち二人も一糸(いっし)まとわぬ姿になり、左右から二人が迫ってきたのである。

「まず二人で好きにしたい。お前からは何もせぬように」

千香が言うと、小梅もすっかり承知しているようで、二人同時に屈み込み、いきなり彼の両の乳首にチュッと吸い付いてきたのだった。

「あう……」

新左は唐突(とうとつ)な快感に呻き、身構えるように肌を強ばらせた。

二人は彼の反応に構わず、熱い息で肌をくすぐりながら、それぞれの乳首をチロチロと舐め回した。

感触や温もりの微妙な違いや非対称の蠢きに、彼はクネクネと身悶(みもだ)えた。

「か、嚙んで……」

そして思わずせがんでいた。

何もしてはいけないと言われたが、言葉ぐらいは構わないだろう。

すると二人とも、綺麗に並ぶ歯でキュッと両の乳首を嚙んでくれ、さらに舌を這わせてきた。

「あうう、気持ちいい……」

新左は甘美な刺激に呻き、じっとしていられないほど激しく反応してしまった。

やがて二人は充分に乳首を愛撫すると、打ち合わせたように彼の肌をたどっていった。

そして交互に臍を探り、腰から太腿、脚を舐め降りていったのである。

胸にも腹にも、まるで二匹のナメクジが這い回ったような唾液の痕が縦横に印された。

しかも唇や舌だけでなく、歯も立ててくれ、何やら彼は美しい姉妹に食べられているような快感に包まれた。

二人は足首まで舐め降りると、同時に彼の足裏を舐め回した。

まるで日頃、彼が女にしている愛撫の順番のようだ。

そして同時に爪先がしゃぶられ、それぞれの舌が順々に指の股に潜り込んできたのである。

「あう、そんなことしなくていいですよ……」

思わず言ったが、二人は新左を感じさせるためというより、あくまで自分たちのために賞味(しょうみ)している感じであった。

爪先をしゃぶられると何やら生温かなぬかるみでも踏んでいるような心地で、舌が指の間に割り込むたび、ビクッと新鮮な震えが走った。

新左が申し訳ないような快感に身悶えていると、しゃぶり尽くした二人は口を離し、大股開きにさせて脚の内側を舐め上げてきた。

内腿にも舌が這い、キュッと歯が食い込み、

「あう……！」

そのたびに彼は呻き、勃起した肉棒をヒクヒクと上下させた。

やがて千香が彼の両脚を浮かせると、二人で尻の丸みを舐めて歯を立てて、先に千香がチロチロと肛門を舐め、ヌルッと舌を潜り込ませてきた。

「く……！」

新左は呻き、彼女の舌をキュッと肛門で締め付けた。

千香が内部で舌を蠢かせ、すぐに離れると、すかさず小梅も舐め回し、侵入さ

せてきたのだ。

立て続けだと、やはり二人の感触や蠢きの微妙な違いが彼を酔わせた。

新左は小梅の舌先もモグモグと肛門で締め付け、彼女も充分に舌を動かしてくれた。

ようやく脚が下ろされると、二人は頬を寄せ合い、同時に左右のふぐりにしゃぶり付いてきた。熱い息が混じり合って股間に籠もり、それぞれの睾丸が舌に転がされて袋全体が生温かな唾液にまみれた。

互いの舌先が触れ合っても気にならないようだから、あるいは昨夜女同士で、口吸いをして舌までからめ合ったのではないか。

新左とは口吸いもしてくれないのに、千香も可憐な小梅なら良いようだ。

やがて二人は、いよいよ肉棒の付け根から、裏側と側面をたどってゆっくりと舐め上げてきた。

滑らかな舌が二人分、幹を這い上がって同時に先端まで来た。

するとやはり先に千香が、粘液の滲む鈴口をチロチロと舐め、離すと小梅も同じように舐め回してくれた。

そして同時に張り詰めた亀頭に舌を這わせ、交互に含んでは吸い付き、チュパッと引き離しては交代し合ったのだった。

「ああ、気持ちいい……」

新左は快感に喘ぎ、幹を震わせながら急激に絶頂を迫らせた。

何しろ、一人にされてさえ充分すぎるほど感じるのに、二人がかりでしゃぶられているのである。

二人は代わる代わる、喉の奥までスッポリ呑み込み、幹を締め付けて吸ってはスポンと離す。一物は微妙に温もりと感触の異なる口腔に深々と含まれていった。

「い、いきそう……」

新左は、もうどちらの口に含まれているか分からないほど朦朧となって絶頂を迫らせて口走った。

しかし二人とも、強烈な愛撫を止めないのだ。

どうやら果てても良いらしい。相手は二人いるのだから、回復も倍の速さだろう。

彼は我慢するのを止め、身を投げ出して素直に快感を受け止めた。

すると、たちまち絶頂の大波が迫り、彼はズンズンと股間を突き上げながら激しく昇り詰めてしまった。

「いく……、アアッ……！」

溶けてしまいそうに大きな快感に喘ぐと、彼は熱い大量の精汁をドクンドクンと勢いよくほとばしらせてしまったのだった。

三

「ク……、ンン……」

ちょうど含んでいた小梅が、喉の奥を直撃されて呻き、すぐにスポンと口を引き離した。すると、すかさず千香が亀頭を含み、余りの精汁をチューッと吸い出してくれたのだ。

「あうう、すごい……」

新左は腰を浮かせて全身を反らせ、激しい快感に呻いた。

小刻みに股間を突き上げ、搾（しぼ）り出すというより最後の一滴まで吸い取られた感じだった。

出し切った彼が力を抜き、グッタリと身を投げ出すと、ようやく千香も吸引を止め、亀頭を含んだままゴクリと飲み込んでくれた。

「く……！」

新左は、キュッと締まる口腔の刺激に駄目押しの快感を得て呻いた。

やがてスポンと口を離すと、なおも幹をしごきながら鈴口に脹らむ余りの雫まで、千香は小梅と一緒にペロペロと舐め取ってくれた。

もちろん小梅も、口に飛び込んだ濃厚な第一撃を飲み込んだようだ。

「う……、も、もういいです……」

彼は過敏に幹を震わせながら呻き、腰をくねらせて降参した。

二人は全てのヌメリをすすってから舌を引っ込め、顔を上げた。

「さあ、回復するまで何でもしてやる。どうすれば良い」

千香が訊いてきたので、新左も期待にピクンと幹を震わせ、余韻に浸る間もなく答えていた。

「ふ、二人で顔に足を」

言うと二人は立ち上がり、彼の顔の左右に立つと、ためらいなく片方の足を浮かせ、そっと顔に乗せてくれた。

新左は、二人分の足裏を顔に受け止めて舌を這わせ、指の間に鼻を押し付けて嗅いだ。どちらも指の股は生ぬるい汗と脂に湿り、蒸れた匂いを濃く沁み付かせていた。

彼は交互に嗅いでは胸を満たし、順々に爪先にしゃぶり付いて指の間に舌を挿し入れて味わった。

「ああ、くすぐったいわ……」

小梅が声を震わせ、フラつく身体を二人で支え合っていた。

新左は二人の爪先を充分に味わってからもう一方の足に替えてもらい、また新鮮な味と匂いを貪り尽くしたのだった。

そうするうちに、一度目の射精で満足していた一物がムクムクと回復し、すっかり元の硬さと大きさを取り戻していた。

「顔にしゃがんで……」

言うと先に千香が跨がり、しゃがみ込んできた。

脚がムッチリと張り詰め、すでに濡れている陰戸が鼻先に迫った。

新左も腰を抱き寄せ、茂みに鼻を擦りつけて嗅いだ。千香が湯屋へ行ったのは昨日の昼前、それから稽古をして寝込んでいたから、恥毛(ちもう)の隅々には甘ったるい汗の匂いが、今までで一番濃厚に沁み付いていた。

ゆばりの匂いも悩ましく混じって彼の鼻腔を掻き回し、その刺激が胸に満ちて一物に伝わっていった。

酔いしれながら舌を挿し入れると、淡い酸味のヌメリが滴ってきた。

新左は襞の入り組む膣口を舐め回し、大きなオサネまでゆっくりと舐め上げていった。

「アア……、いい気持ち……」

千香が熱く喘ぎ、思わずギュッと割れ目を彼の鼻と口に押し付けてきた。

彼は心地良い窒息感に噎せながら、執拗にオサネに吸い付き、舌を這い回らせた。

さらに尻の真下にも潜り込み、ひんやりした双丘を顔中に受け止めながら桃色の蕾に鼻を埋め、生々しい匂いで鼻腔を満たしてから舌を這わせた。

ヌルッと舌を潜り込ませて滑らかな粘膜を舐めると、

「あう……」

千香が呻き、キュッときつく肛門で舌先を締め付けてきた。

新左が舌を蠢かせると、やがて千香がビクッと股間を引き離した。

刺激を嫌がったのではなく、小梅と交代したのである。

すると小梅がためらいなく仰向けの彼の顔に跨がり、厠に入ってするようにしゃがみ込んできた。

ぷっくりした割れ目が鼻先に迫ると、千香に負けないほど濃厚な熱気と湿り気が彼の顔中を包み込んできた。

若草に鼻を埋めて嗅ぐと、やはり濃く籠もった汗とゆばりの匂いが悩ましく鼻腔を刺激してきた。

嗅ぎながら割れ目内部を舐め回すと、淡い酸味のヌメリが大量に溢れ、すぐにも舌の動きが滑らかになった。そして膣口からオサネまで舐め上げていくと、

「アアッ……、いい気持ち……」

小梅が喘ぎ、ヒクヒクと下腹を波打たせた。

新左は味と匂いを堪能してから、同じように尻の真下に潜り込み、蕾に鼻を埋めて微香を嗅ぎ、舌を這わせてヌルッと潜り込ませた。

「あん……」

小梅が肛門を締め付けて呻き、新たな蜜汁を垂らしてきた。

「入れるところを見たい」

千香が言うと、すっかり高まった小梅は彼の上を移動して一物に跨がり、先端

に割れ目を押し当ててきた。

それを横から、千香が近々と覗き込んだ。

小梅が腰を沈めると、張り詰めた亀頭が潜り込み、あとは重みと潤いでヌルヌルッと滑らかに根元まで嵌まり込んでいった。

「すごい……」

千香が感動の面持ちで言い、小梅は完全に座り込んで股間を密着させた。

「ああッ……！」

小梅が呻いてキュッと締め付け、新左も肉襞の摩擦と温もりに高まった。

やがて上体を起こしていられず、彼女が身を重ねてくると、千香も添い寝して横から肌を密着させてきた。

「小梅、痛くないのか」

「ええ、いい気持ち……」

千香が囁くように聞くと、小梅が小さく答えた。

新左はまだ動かず、潜り込むようにして二人の乳首を順々に含んで舐め回し、顔中で柔らかな膨らみを味わった。

さらに二人の腋の下にも鼻を埋め、和毛に籠もっている濃厚に甘ったるい汗の匂いで悩ましく胸を満たした。

もう堪らず、彼はズンズンと小刻みに股間を突き動かした。

「アア……！」

小梅が喘ぎ、合わせて腰を遣いはじめたのだ。溢れる淫水に動きが滑らかになり、クチュクチュと淫らな摩擦音が聞こえてきた。

「唾を下さい……」

言うと、千香が口を寄せ、白っぽく小泡の多い唾液をトロトロと吐き出してくれた。それを舌に受けると、小梅も同じように愛らしい唇をすぼめ、クチュッと垂らしてきた。

新左は混じり合った生温かな唾液でうっとりと喉を潤し、そのまま小梅に唇を重ねて舌をからめた。

突き上げに勢いが付くと、

「い、いきそう……」

小梅が口を離して言い、新左は二人の顔を引き寄せ、それぞれの口から吐き出される熱く湿り気ある息を嗅いで高まった。

どちらも甘酸っぱい果実臭だが、寝起きと寝不足と疲労で濃厚な刺激を含み、それが鼻腔で交じり合い、うっとりと胸に沁み込んできた。

「顔中、唾でヌルヌルにして……」

絶頂を迫らせて言うと、千香が彼の鼻筋にトロリと唾液を垂らし、それを小梅が舌で顔中に塗り付けてくれた。

「いく……、アアッ……！」

たちまち新左は喘ぎ、二人分の匂いとヌメリに包まれ、締め付けと摩擦の中で激しく昇り詰めてしまった。

そして激しく股間を突き上げながら、ありったけの熱い精汁をドクンドクンと勢いよくほとばしらせ、柔肉の深い部分を直撃すると、

「き、気持ちいいわ……、アアーッ……！」

噴出を感じた小梅も声を上ずらせ、ガクガクと狂おしい痙攣を開始して気を遣ってしまった。

そんな二人の様子を、千香が息を呑んで見守っていた。

新左は心ゆくまで快感を嚙み締め、最後の一滴まで出し尽くしていった。

満足しながら突き上げを弱めていくと、

「ああ……」

小梅も声を洩らし、肌の硬直を解いてグッタリともたれかかってきた。

彼は、まだ息づく膣内に刺激され、ヒクヒクと過敏に幹を跳ね上げた。

そして二人分の甘酸っぱい吐息を嗅ぎながら、うっとりと快感の余韻に浸り込んでいった。

やがて小梅がそろそろと股間を引き離し、ゴロリと横になると、千香が屈み込み、淫水と精汁にまみれた一物にしゃぶり付いてきた。

「あうう……、も、もうどうかご勘弁を……」

新左は呻きながら、クネクネと腰をよじった。

四

「ね、二人でゆばりを放って……」

湯殿で、新左は簀の子に座り、左右に千香と小梅を立たせて肩を跨がせ、股間を顔に向けさせて言った。

三人は離れから、着物だけ羽織ってこっそり母屋の勝手口から湯殿に来ていたのだ。

店も立て込んでいるから誰も来ないだろうし、たとえ多恵が、誰かが湯殿を使っていると気づいても、小梅が千香の身体を流しているぐらいに思うだろう。

そして三人で風呂桶に残った水で股間を洗い流すと、新左はまたも回復しながら二人にせがんだのだった。

千香も小梅も、彼の肩に跨がって顔に股間を突き付け、すぐにも息を詰めて尿意を高めはじめてくれた。

新左も、左右の割れ目を交互に舐め、濃厚な匂いは薄れてしまったが新たに溢れる蜜汁を味わった。

「あう、出る……」

先に千香が呻き、柔肉を蠢かせた。するとたちまちチョロチョロと熱い流れがほとばしり、少し遅れて小梅の陰戸からもポタポタと温かな雫が滴り、すぐに一条の流れになって注がれてきた。

弥生（三月）とはいえ肌寒く、二人の温かなゆばりを肌に受けるのは何とも心地良かった。

新左はそれぞれの流れを舌に受けて味わい、混じり合った匂いに酔いしれた。

どちらの味も匂いも淡く控えめだが、二人分となると悩ましく鼻腔を刺激し、舌を濡らしてきた。

　やがて二人とも流れが治まると、ピクンと下腹を震わせた。

　新左は代わる代わる陰戸を舐めて余りの雫をすすり、残り香の中で新たなヌメリを貪った。

「も、もう良い……」

　千香が言って股間を離すと、小梅もしゃがみ込み、また三人で身体を流した。

　身体を拭いて着物を羽織り、こっそりと勝手口から離れに戻ると、また三人は全裸になった。

　すると千香が仰向けになり、股を開いた。

　そう、彼女だけまだ果てていないのである。

「新、して。小梅も、嫌でなかったら一緒に」

　千香が言い、新左と小梅は一緒になって腹這い、頬を寄せ合い千香の割れ目に顔を寄せた。

「大きなオサネ……」

　小梅が千香の陰戸に目を凝らし、甘酸っぱい息を弾ませて言った。

「先に舐めてみて」

新左が言うと、小梅は嫌がらず舌を伸ばし、光沢あるオサネをチロチロと舐めはじめた。

「アア……！　小梅が舐めているの……」

千香も、可憐で滑らかな感触に喘ぎ、ヌラヌラと新たな淫水を漏らした。

新左も顔を寄せ、一緒になって舌を這わせ、人差し指を濡れた膣口に潜り込ませて小刻みに内壁を擦った。

淫水に小梅の唾液が混じり、彼は果実臭の吐息に激しく勃起しながら強烈な愛撫を繰り返した。

「す、すぐいく……、アアーッ……！」

たちまち千香が声を上ずらせながら、ガクガクと腰を跳ね上げ、激しく気を遣ってしまった。やはり二人がかりだと、あっという間に昇り詰めてしまったようだった。

大量の淫水を漏らし、千香はクネクネと身悶えていたが、

「も、もういい……」

すっかり過敏になって言うと、新左も指を引き抜き、二人で舌を引っ込めた。

「ああ……、もっと味わっていたかったのに、すぐいってしまった……」

千香が肌の強ばりを解き、荒い息遣いで残念そうに言った。

「ね、私ももう一度いきたい……」

新左が言って仰向けになると、千香が身を起こし、彼の股間に腹這いになり顔を寄せてきた。

そして千香が完全に回復している亀頭にしゃぶり付くと、新左は小梅の顔を引き寄せて唇を重ね、ネットリと舌をからめた。

「ンン……」

千香は喉の奥までスッポリ呑み込んで熱く鼻を鳴らし、舌をからめながら顔を上下させ、スポスポと強烈な摩擦を開始した。

新左は唾液にまみれた幹を震わせ、千香の温かな口の中で最大限に勃起していった。

小梅の生温かな唾液を味わいながら下からもズンズンと股間を突き上げると、千香の濡れた口が何とも心地良く張り出した雁首を摩擦した。

さらに小梅の口に鼻を押し込み、甘酸っぱい濃厚な息の匂いを嗅ぎながら、あっという間に千香の口の中で昇り詰めてしまった。

「く……！」

三度目とはいえ大きな快感に包まれて呻き、彼は熱い精汁をドクンドクンと勢いよくほとばしらせた。

それを受け止め、千香は最後の一滴まで吸い出してくれた。

「アア……」

新左が満足しながら声を洩らし、グッタリと身を投げ出すと、千香も動きを止め、亀頭を含んだままゴクリと飲み込んでくれた。

「あう、気持ちいい……」

彼は、キュッと締まる口腔の刺激に駄目押しの快感を得て呻いた。

ようやく千香もスポンと口を離すと、丁寧に舌を這わせて鈴口の雫を舐め取ってくれたのだった……。

五

「よろしいですか。もうみんなお休みになりましたので」

夜半、静乃が新左の部屋にやって来て言った。赤ん坊も寝付いたようで、急激に淫気を催(もよお)したのだろう。

もちろん新左に否やはなく、消そうとしていた行燈もそのままに、寝巻を脱ぎ去って全裸になった。

静乃も優雅な仕草で寝巻を脱ぐと、一糸まとわぬ姿になって迫ってきた。

「いつまでここにいらっしゃいますか？」

静乃が訊いてきた。

「実は間もなく、うちの人が大坂から帰ってきます。そうしたら夫婦で別の家に住み込み奉公することになりますので」

「そうですか。そう長いことではないと思うのですが、いるうちは何度でもしましょう」

「ええ……」

答えると、彼女は嬉しげに頷いた。

「じゃ、ここに座って下さい」

新左は、下腹を指した。

「よ、よろしいのですか。重いですよ」

手を引っ張ると、静乃は恐る恐る彼の下腹に跨がり、すでに熱く濡れている陰戸を密着させてきた。

さらに彼は両足首を引っ張り、立てた両膝(ひざ)に彼女を寄りかからせた。

「じゃ、両足を私の顔に」

「アア……、そんな……」

静乃は息を弾ませながらも脚を伸ばし、両の足裏を顔に乗せてくれた。

確かに小梅よりずっと重いが、その重みと温もりが心地よく、彼は急角度に勃起した先端で彼女の腰をトントンと軽く叩いた。

足裏に舌を這わせ、縮こまった指の股に鼻を割り込ませて嗅ぐと、そこはやはりジットリと汗と脂に湿り、ムレムレの匂いが濃く沁み付いていた。

充分に鼻腔を刺激されながら爪先をしゃぶり、左右全ての足指の間に舌を潜り込ませて味わい尽くした。

「あう……、汚いのに……」

静乃が呻いて腰をよじるたび、熱く濡れた割れ目が下腹に擦り付けられた。

ようやく舌を引っ込めると、彼は静乃の両足を顔の左右に置き、手を引っ張って前進させた。

「ああ、恥ずかしい、こんなこと……」

静乃は息を弾ませながらとうとう跨いでしゃがみ込み、彼の顔に熟れた陰戸を近づけてきた。

内腿がムッチリと張り詰め、肉づきの良い割れ目が鼻先に迫った。

顔中を悩ましい匂いを含んだ熱気が包み込み、見上げるとはみ出した陰唇はヌメヌメと大量の淫水に潤っていた。

腰を抱き寄せて茂みに鼻を埋めると、今日も生ぬるく蒸れた汗とゆばりの匂いが籠もり、馥郁（ふくいく）と鼻腔を刺激してきた。

匂いに胸を満たしながら割れ目に舌を挿し入れ、淡い酸味のヌメリに満ちた膣口をクチュクチュ掻き回して味わい、オサネまで舐め上げていくと、

「アアッ……！」

静乃が声を上げ、思わずキュッと座り込みそうになった。

新左は執拗に舌を動かしてオサネを刺激し、やがて白く豊満な尻の下に潜り込んでいった。

谷間で、枇杷（びわ）の先のように突き出た蕾に鼻を埋めて悩ましい微香を嗅ぎ、舌を這わせてヌルッと潜り込ませた。

「く……、駄目……」

静乃が呻き、モグモグと肛門で舌先を締め付けてきた。

新左は微妙に甘苦く滑らかな粘膜を探り、再び陰戸に戻ってヌメリをすすり、オサネに吸い付いた。

「ああ……、は、早く入れたいです……」

「その前に、しゃぶって」

静乃が言うのに答えると、彼女は一物に移動していった。

幹に指を添え、粘液の滲む先端に舌を這わせてから、張り詰めた亀頭をパクッとくわえ、そのままモグモグとたぐるように根元まで呑み込んだ。

「ああ……」

新左は快感に喘ぎ、温かな口の中で幹を震わせた。

静乃は幹を丸く締め付けて吸い、熱い鼻息で恥毛をくすぐりながら、クチュクチュと舌をからめてきた。

さらに顔を上下させ、スポスポと強烈な摩擦を開始したが、一物を唾液に濡らしただけで、間もなくスポンと口を引き離した。

「いい？」

熱っぽい眼差しで言い、彼が手を引くと静乃も前進して跨がってきた。

先端に陰戸を押し当て、やがてゆっくりと味わいながら腰を沈めると、一物はヌルヌルッと肉襞の摩擦を受けながら滑らかに収まっていった。

「アアッ……！」

静乃は股間を密着させて喘ぎ、キュッキュッと締め上げてきた。

新左も温もりと感触を味わい、中で幹を震わせながら、両手を回して彼女を抱き寄せた。

「お乳を……」

「もうあまり出ないわ」

せがむと、静乃も言いながら両の乳首をつまみ、胸を突き出してきた。

搾り出すと、もう出る頃合いが済んだのか、ピュッと飛ばずに雫が脹らみ、ポタリと滴ってきた。

それを舌に受け、薄甘い味を堪能しながら喉を潤すと、甘ったるい乳汁の匂いが胸を満たした。

そのまま顔を上げて乳首を含み、舌で転がしながら吸い付いた。そして滲む乳汁を舐め取って飲み込み、左右とも念入りに味わった。

やがて出尽くすと、新左は腋の下に鼻を埋め、生ぬるく湿った腋毛に籠もる濃厚な汗の匂いで鼻腔を刺激され、徐々にズンズンと股間を突き上げはじめていった。

「ああ、いい気持ち……」

静乃も腰を遣いながら喘ぎ、溢れる淫水で律動を滑らかにさせた。

大量のヌメリがふぐりの脇を伝い流れ、新左の肛門の方まで生温かく濡らしてきた。

彼も両膝を立てて豊満な尻の感触も得ながら、次第に股間をぶつけるように激しく突き上げていった。

そして顔を引き寄せてピッタリと唇を重ね、舌を挿し入れて滑らかな歯並びを舐めると、彼女も口を開いてネットリと舌をからめてきた。

「ンン……」

静乃が熱く呻き、彼の舌先にチュッと強く吸い付いた。

なおも突き上げを続けると、ピチャクチャと淫らに湿った摩擦音が響き、

「い、いきそう……」

静乃が口を離し、唾液の糸を引きながら我を忘れたように口走った。

口から吐き出される息は熱く、花粉臭の甘い刺激が悩ましく濃厚に鼻腔を掻き回してきた。

すると静乃が高まりに任せ、彼の頰を舐め、耳たぶにもキュッと歯を立ててきた。さらに首筋まで舐められると、男でも激しく感じることを知り、新左は収縮の中で絶頂を迫らせた。

「しゃぶって……」

彼は言い、美女のかぐわしい口に鼻を押し込んだ。

すると静乃も吸い付いて舌を這わせ、熱く濃厚な息を惜しみなく吐きかけてくれた。

生温かな唾液のヌメリと舌の感触、悩ましい吐息の匂いと膣の摩擦の中、彼がいよいよ我慢できなくなると、

「い、いく……、ああーッ……！」

先に静乃が声を上ずらせ、ガクガクと狂おしい痙攣を起こして激しく気を遣ってしまった。

その収縮に巻き込まれ、続いて新左も絶頂に達した。

「く……！」

突き上がる大きな快感に短く呻き、ありったけの熱い精汁をドクンドクンと勢いよく柔肉の奥にほとばしらせると、

「あう、もっと……！」

静乃が噴出を感じて呻き、精汁を飲み込むようにキュッキュッときつく締め上げてきた。間もなく夫が戻って情交するだろうから、ここで孕(はら)んでも構わないとでもいうような勢いであった。

新左は心置きなく最後の一滴まで出し切り、突き上げを弱めていった。

すると静乃も、徐々に肌の硬直を解いてグッタリと体重を預けてきた。

「アア、良かった……」

すっかり満足したように声を洩らし、まだ名残惜しげに膣内を締め付けた。

新左も彼女の重みと温もりを受け止め、息づく膣内でヒクヒクと過敏に幹を震わせた。

「ああ、可愛(かわい)いわ、まだピクピクしている……」

静乃が荒い息遣いで囁き、彼は花粉臭の吐息で悩ましく鼻腔を刺激されながらうっとりと余韻を味わった。

重なったまま互いに荒い呼吸を混じらせていたが、ようやく静乃がノロノロと身を起こし、懐紙を手にして股間を引き離した。

そして手早く陰戸を拭(ぬぐ)うと、一物を包み込んで丁寧に処理してくれた。新左も赤ん坊のように身を任せ、股間を綺麗にしてもらったのだった。

「さあ、これでぐっすり眠れるでしょう。私も戻って休みますね」

静乃が言って身を起こし、彼に掻巻（かいまき）を掛けてから寝巻を着た。

すると奥の方から、赤ん坊のむずかる声が聞こえてきたのだ。

「大変。じゃ行きます」

「ええ、お休みなさい」

静乃が立ち上がって言い、行燈の息をフッと吹き消し、新左が答えると彼女は静かに部屋を出て行った。

足音が遠ざかると、新左は掻巻の中で身を縮めた。

何しろ昼間は千香と小梅を相手に三回も射精し、夜は静乃を相手にしたのだから、さすがに心地良く気怠（けだる）い疲労が全身を包んでいた。

（そろそろ、千香さんと真剣に相談しないと……）

新左は思った。

やはり、二人で日野へ帰るのが一番良いだろう。

彦五郎は、京がそれほど物騒（ぶっそう）になっているとは思わず、快く二人を送り出してくれたが、そういつまでも無事でいられる保証はなく、いつ激しい内乱が起きるかも知れないのである。

(近々、説得してみよう)

歳三や総司にも言われていることだし、新左も意を決した。

確かに、京へ来てからの新左は異常なほど女運に恵まれ、毎日が良いことばかりであった。

しかし、それが理由というわけではなく、千香がいる限り自分も京に残るつもりであった。

彼女を置いて、一人で京を後にするのは心苦しいのである。

やはり千香と一緒でないと、付き添った意味がない。

新左はそう思い、やがていつしか深い睡(ねむ)りに落ちていったのだった。

第六章　初の情交で激しく昇天

一

「ああ、雪枝さんのところなら私が届けますよ。もう日暮れですからね、女の一人歩きは危ないです」

新左は多恵に言った。

夕刻の閉店どき、注文していた荷を届けに業者が来た。その中に、先日雪枝に頼まれていたものもあるようなので、新左が行くことを申し出たのだ。

「まあ、申し訳ありません。ではお願いできますか」

多恵が済まなそうに言い、包みを渡してきた。もう通いの奉公人たちも帰ったし、残ったものはこれから急いで夕餉の仕度がある。

包みを抱えた新左は、いつものように着流しの丸腰で堀川屋を出て、雪枝の家に向かった。

　すると、そのとき二本差しの千香が歩み寄ってきた。どうやら屯所へ防具を納めに行った帰りらしい。

「どこへ行く」

「注文の品を届けに、すぐそこまで」

「そうか、私も一緒に行こう」

　千香はついてきた。

　もう新入隊士たちの防具もほぼ揃ったようだ。

「今日は、稽古はしなかったのですね」

「ああ、望んだのだが、沖田さんが呆(あき)れていた。あんなに手ひどくしたのに、また稽古をしたいなんてと」

「そうでしょう。でも稽古に加わるのを断られ、防具も揃ったのなら、もう屯所に用はないでしょう。そろそろ日野に……」

　新左が言いかけると、雪枝の家の玄関先に二人の武士が立っているのを見つけた。

「だから、困ります。女所帯ですので男の方を入れるのは」

「そう言わずに。一夜、部屋を借りたいだけだ。決して何もせぬ」

雪枝と浪士たちの会話も聞こえ、いち早く千香が鯉口を切って迫ったので、新左も慌てて走った。

「何者か」

千香が言うと、二人も向き直ってジロリと睨み付けた。二人とも粗末な着物を着た貧乏浪人ふうだ。

「何だ、お前は」

「新選組、畑中千香！」

「なに！」

言わなければ良いのに、千香が堂々と名乗ったので二人は色めき立ち、いきなりスラリと抜刀して雪枝を引き寄せたのである。

「下がれ。女がどうなっても良いのか」

一人が顔を歪めて言い、怯えている雪枝の胸元に刃を突き付けた。

「女を楯にするとは卑劣な。私も女だが、立ち合う度胸はないか」

「なに、女だと……？　女の壬生狼か……」

浪士が、あらためて千香を見た。

路地裏は暗いので、どうやら千香を青年とでも思っていたらしい。

すると浪士も、女と知って甘く見たか、雪枝を突き飛ばして千香に対峙したのである。

新左はいち早く駆け寄り、よろめく雪枝を抱いて後退した。

見ると、男が斬りかかったところへ千香が抜刀して小手を斬り上げ、返す刀で素早く袈裟に斬り下ろしたのである。

「ヒッ……」

雪枝が息を呑み、男は声も立てずくずおれた。噴出する血の量からして、まず即死であろう。新左は、あらためて千香の剣技に戦慄した。

「おのれ！」

残る一人が言って鯉口を切ったが、そのとき背後から大勢の足音。

「どうした！」

声に振り返ると、珍しく胴に段だら羽織、鉢金を締めた歳三が、数人の隊士を連れて走り寄ってきたのだ。やはりこの家を張っていて駆けつけてきたらしい。

それを見た浪士は青ざめ、踵を返して脱兎のごとく逃げ出すと、数人の隊士たちが猛然と後を追っていった。

「千香、怪我はないか！」

残った歳三が、呆然としている千香に迫って言った。

「ト、トシ様……」

千香は別人のように力なく言い、血刀を握ったまま膝を突いた。

「見事だ。だが非常にまずい。あの逃げた男、もし討ち漏らしたら新選組に女がいると知れ渡るだろう。女に斬られた恥をすすぐため、連中は躍起になってお前を付け狙うぞ」

歳三が言い、硬直している千香の手から刀を取り、懐紙で拭って彼女の鞘に納めてやった。

千香は身震いをし、初めて人を斬った恐怖に萎縮しているようだ。やはり道場剣術と、実際の殺し合いは別物だったのだろう。

「新、千香を連れて戻れ。決して外に出すなよ」

「はい」

歳三に言われて新左が答えると、

「どうか私も、今夜は堀川屋へ……」

雪枝が震えながら言い、新左にしがみついていた。

やはりあんなことがあったので、女一人では心細いようだ。

「いいでしょう。お多恵さんに頼んでみます」

新左は言い、落としていた包みを雪枝の家に置き、戸を閉めて戻った。そしてうずくまっている千香を引き立たせ、両脇の女たちを支えながら路地を出た。

「新、頼んだぞ！」

歳三は言い、隊士たちが駆けていった方へ足早に立ち去っていった。

千香も、路地裏で死んでいる浪士をチラと振り返ってから、ようやく歩きはじめた。

「新、吐きそう……」

「離れまで我慢を。何ならそこらで」

千香が言い、新左は答えながら進んだ。千香も何とか堪えながら歩き、ようやく堀川屋へと辿り着いた。

「お礼が遅れました。お助け頂き、有難うございました」

雪枝が千香に言うと、まず新左は千香を離れに入れ、腰の大小を隅に置いて布団に寝かせた。

そして母屋へ行き、多恵に事情を話して雪枝を泊めてもらうよう頼んだ。

「まあ、そんなことが……、分かりました。お布団を用意しますね」

多恵は言い、小梅に支度をさせた。

「明日には、親戚を頼りますので、今夜だけお願いいたします」

「いいえ、うちは構いませんので」

雪枝が言うと多恵が答え、とにかく皆で夕餉を囲んだ。もちろん雪枝と新左の食は細いが、それは無理もないだろう。

やがて雪枝が早めに休むことにして部屋へ行き、千香の夕膳は、新左が運ぶことにした。

「今宵は私が姉に付き添います」

彼は言い、離れへと行った。

上がって夕膳を置き、掻巻をかぶって震えている千香を起こした。

「姉上、大丈夫ですか」

「新、私から血の匂いはするか……」

「いいえ、全く返り血も浴びていませんよ。あの土方さんが褒めるほど、見事な技でした」

新左が言っても、千香はあまり嬉しくないようだった。

やはり、いかに剣術自慢でも、実際に人を斬るというのは人生が変わるほど大きな出来事に違いない。

「新、脱がせて」

千香は小刻みに震えながら言った。

新左は再び力なく横たわった彼女の袴の紐を解くと、引き脱がせて帯を解き、着物を脱がせていった。

「全部……」

千香が言うので、やがて新左は彼女を一糸まとわぬ姿にした。

もちろん彼女は全く傷を負っていない。そして濃厚に甘ったるい汗の匂いが立ち昇っていた。

「新、抱いて……、最後までして……」

「え……」

言われて、彼はムクムクと激しく勃起してしまった。

「わ、分かりました。しますけど、それは日野へ帰ると約束してからです」

「ああ、分かった。帰る……」

「本当ですか！」

千香の言葉に新左も顔を輝かせ、手早く帯を解いて全裸になっていった。

どうやら一人の浪士の犠牲で、彼女は変わったようだった。

新左は嬉々として、じっと身を投げ出している千香に覆いかぶさり、まずは乳首にチュッと吸い付くと、舌で転がしながら顔中を柔らかな膨らみに押し付けていったのだった。

二

「アア……、新、もっと強く……」

千香がビクッと反応して言い、下から両手で激しく新左にしがみついてきた。

彼は左右の乳首を順に含んで舐め回し、さらに腋の下にも鼻を埋め込んでいった。

和毛は冷や汗で生ぬるくジットリと濡れ、今までで一番濃厚で甘ったるい匂いが籠もっていた。

新左は胸を満たしてから汗ばんだ肌を舐め降り、臍まで探ってからいったん顔を上げ、いきなり足に顔を寄せていった。

足裏を舐め、指の股に鼻を埋め込んで嗅ぐと、蒸れた匂いが濃く沁み付いていた。彼は爪先をしゃぶって舌を割り込ませ、汗と脂の湿り気を味わった。

両足とも味と匂いを貪ってから股を開かせ、脚の内側を舐め上げて張り詰めた内腿をたどり、熱気の籠もる陰戸に顔を迫らせていった。

割れ目からはみ出す陰唇は、粗相(そそう)したかと思えるほど大量の蜜汁にまみれて息づいていた。

恥毛に鼻を埋めて嗅ぐと、汗とゆばりの匂いが濃厚に蒸れ、それに大量の淫水による生臭い香りも混じって鼻腔を刺激してきた。

新左は悩ましい匂いを貪り、舌を挿し入れて生ぬるいヌメリを味わった。

そしてまだ無垢な膣口の襞を掻き回し、大きなオサネまで舐め上げていった。

「ああ……、いい……」

千香は、人を斬った衝撃から逃れるように快楽にのめり込んで喘ぎ、内腿でムッチリときつく彼の顔を挟み付けてきた。

新左も執拗にオサネを舐め回し、吸い付いては溢れる淫水をすすった。

さらに彼女の両脚を浮かせ、尻の谷間にも鼻を埋め込んで生々しい匂いで鼻腔を刺激され、舌を這わせてヌルッと潜り込ませた。

「く……!」

千香が呻き、キュッときつく肛門で舌先を締め付けてきた。

彼は舌を蠢かせて滑らかな粘膜を味わい、ようやく脚を下ろすと再び陰戸に顔を埋め、ヌメリを舌で掬い取り、オサネに吸い付いた。

「も、もう良い……」

千香が言って身を起こしてきたので、新左も股間から這い出して仰向けになっていった。

すると千香が移動して彼の股間に腹這い、先端を舐め回し、熱い息を弾ませながらスッポリと喉の奥まで呑み込んできた。

幹を締め付けて強く吸い付き、口の中では生温かな舌が滑らかに蠢き、勃起した肉棒を唾液に浸した。

「アア……」

新左は刺激に喘ぎ、ヒクヒクと幹を震わせて高まった。

やがて千香がスポンと口を引き離して顔を上げると、そのまま身を起こして前進し、先端に陰戸を押し当ててきたのだ。

「ほ、本当に良いのですか……」

新左は期待と興奮に声を震わせたが、千香はためらいなく位置を定めると、意を決して腰を沈み込ませていった。

張り詰めた亀頭が潜り込むと、あとは大量の潤いと重みで、一物はヌルヌルッと滑らかに根元まで嵌まり込んでいった。

「アアッ……！」

千香が顔を仰け反らせて喘ぎ、感触を味わうようにキュッキュッときつく締め上げてきた。

もとより過酷な稽古に明け暮れていたから痛みには強く、まして先日は小梅が挿入されて気を遣るのを目の当たりにしたから、対抗する気持ちもあったのではないか。

新左も、きつい締め付けと肉襞の摩擦、熱いほどの温もりと潤いに包まれながら、とうとう千香の初物を頂いた感激に胸を満たした。

「こういう心地がするものなのか……」

千香は目を閉じて言い、彼の胸に両手を突っ張り、上体を反らせて膣内を息づかせていた。やはり、あまり破瓜の痛みなどはなく、むしろ初めての体験をした充足感に満たされているようだ。

彼女は、密着した股間を何度かグリグリと擦り付けるように動かしていたが、やがてゆっくり身を重ねてきた。

新左も両膝を立てて張りのある尻を支え、下から両手を回して抱き留めた。

すると千香は彼の胸に乳房を押し付け、何と上からピッタリと唇を重ねてきたのである。

「う……」

新左は小さく呻き、千香の柔らかな唇の感触と唾液の湿り気を味わった。

千香も息を弾ませながら舌を潜り込ませ、彼の歯を舐め回してきた。

新左も歯を開いて受け入れ、滑らかに蠢く舌のヌメリを味わい、ネットリとからみつけた。

「ンン……」

彼女は熱く鼻を鳴らし、ぎこちなく腰を動かしはじめた。

新左は合わせてズンズンと股間を突き上げ、次第に動きが潤いで滑らかになり二人の動きが一致していった。

「ああ……、奥が熱い……」

千香が口を離して喘ぎ、なおも股間をしゃくり上げるように擦り付けてきた。

柔らかな恥毛も、コリコリする恥骨の膨らみも、彼は痛いほど股間に感じた。

溢れる淫水が互いの股間をビショビショにさせて淫らな音を立て、ふぐりを伝い流れて彼の肛門まで生温かく濡らしてきた。

「痛くありませんか」

「大事ない。もっと強く突き上げて……」

気遣って囁くと、千香も収縮を強めて熱く答えた。

口から吐き出される甘酸っぱい果実臭も、やはりいつにもまして濃厚に彼の鼻腔を刺激してきた。

新左は彼女の口に鼻を押し付けて熱い吐息を嗅ぎ、胸を満たしながら快感を高め、突き上げを強めていった。

すると千香も舌を這わせ、彼の鼻の穴をチロチロと舐め回し、鼻の頭をしゃぶってくれた。

「ああ、いきそう……」

新左は唾液のヌメリと口の匂いに酔いしれ、心地良い摩擦の中で絶頂を迫らせて喘いだ。

千香も拒まず、なおも動きを合わせてくるので、彼はこのまま絶頂まで突っ走ってしまった。

「い、いく、気持ちいい……！」

激しく昇り詰めた新左は口走り、大きな快感の中でありったけの熱い精汁をドクンドクンと勢いよくほとばしらせた。

「あ、熱い……、感じる……、アアーッ……！」

すると奥深い部分に噴出を受けた千香も、声を上ずらせてガクガクと狂おしい痙攣を起こしはじめた。どうやら初めてなのに、本格的に気を遣ってしまったようだった。

膣内の収縮が高まり、新左は快感に包まれながら、心置きなく最後の一滴まで出し尽くしていった。

すっかり満足しながら徐々に突き上げを弱めていくと、

「ああ……」

千香も声を洩らし、肌の強ばりを解いて力を抜くと、グッタリともたれかかって遠慮なく体重を預けてきた。新左も、彼女の重みと温もりを受け止め、あらためて一つになれた感激を嚙み締めた。

まだ膣内がキュッキュッと締まり、刺激された一物が内部でヒクヒクと過敏に跳ね上がった。

「く……、まだ動いている……」

千香は言い、味わうようにモグモグと締め上げ続けた。

新左はいつまでも動悸が治まらず、彼女の果実臭の吐息を嗅ぎながら、うっとりと快感の余韻を味わったのだった。

「とうとうしてしまった。新と……」

重なったまま千香が囁いた。

今までは、清い身体のまま死ぬことに潔さを感じていたようだが、人を殺め、急に生の喜びを意識するようになったのかも知れない。

やがて呼吸を整えると、千香がそろそろと身を起こし、股間を引き離してゴロリと横になった。

新左は懐紙を手にして手早く一物を拭いながら身を起こし、彼女の股間に潜り込んでいった。

見ると、割れ目が満足げに息づき、指で広げても、膣口から逆流する精汁に血は混じっていなかった。

彼は優しく拭いてやり、処理を終えると掻巻を掛けて再び添い寝していった。

「新、朝までいて」

「ええ、本当に日野へ帰りますか」

「ああ、帰ろう。恐くて逃げ出すのも恥ずかしいが……」

「いいのですよ、それで」

新左は安心して答えた。そして心から良かったと思いつつ、彼女の温もりと匂いを感じながら目を閉じたのだった。

三

「女将（おかみ）さんに言われました。住み込みで働かないかって」

翌朝、歩きながら雪枝が新左に言った。

一緒に、家まで必要なものを取りに行くところだ。

「そうですか」

彼は答え、皆がそれぞれの場所に落ち着くのだなと思った。

もう弥生の半ば、家々にある垣根の梅も散りはじめていた。

「ええ、静乃さんが、間もなく旦那（だんな）さんと暮らすようになるので入れ替わりにと誘われたんです。私も、さして親しくない親戚に頼るのも心苦しいと思って、受けることにしました」

「それは良かったです」

新左は言い、やがて裏路地へと入っていったが、もちろん浪士の死体は片付けられていた。

あれから新選組が役人に報せ、処理させたのだろう。それでもその場所を通るとき、昨夜のことを思い出したか雪枝が身震いした。

「髪結いに来る芸妓の中に浪士の女がいて、私は人が良いから家ぐらい貸してくれるだろうとでも言っていたのでしょう」

「ええ、どちらにしろ一人は危ないですよ」

新左は答え、やがて一緒に家に入った。

雪枝は、当面必要なものだけ風呂敷に包んだ。もちろん彼は美女と二人きりなので淫気を催していた。

彼女が荷をまとめ、いつでも堀川屋へ戻れる仕度を調えるうちに、新左は床を敷き延べてしまった。

「まあ、まだ朝なのに」

雪枝は呆れたように言ったが、彼女もその気だったらしく、すぐにも一緒に帯を解きはじめたのだった。雪枝も堀川屋に住み込むとなると、もうそう自由は利かないし、新左も間もなく江戸へ帰るというので、今日ここでしておきたいのだろう。

先に全裸になった新左は布団に仰向けになり、勃起した一物をヒクヒクと期待に震わせた。

「ね、ここに立って」

やがて雪枝も一糸まとわぬ姿になると、新左は言って彼女を顔の横に立たせた。

「何をさせるの」

「顔に足を乗せて」

「またそんな、無理なことを……」

雪枝が言いながらも、壁に手を突いて身体を支え、そろそろと片方の足を浮かせると、そっと足裏を彼の顔に乗せてくれた。

新左は受け止め、感触にうっとりしながら舌を這わせた。

形良く揃った指にも鼻を埋め込み、濃厚に蒸れた匂いを貪った。

雪枝は、昨夜も今朝も湯屋には行っていないから、その刺激がゾクゾクと彼の胸を震わせ、激しく興奮が高まった。

　充分に嗅いでから爪先をしゃぶり、順々に指の股に舌を割り込ませ、汗と脂の湿り気を味わった。

「あう、くすぐったいわ……」

　雪枝が呻き、ガクガクと膝を震わせた。舐めながら見上げると、ムッチリした脚の付け根が潤いはじめていた。

　足を交代させ、新左はそちらも濃い味と匂いを貪り尽くすと、やがて彼女の両足首を摑み、顔の左右に置いて跨がせた。

「しゃがんで」

　真下から言うと、雪枝は羞恥に息を詰め、厠でするようにゆっくりしゃがみ込んできた。

　脚が量感を増して張り詰め、熱く湿った陰戸が鼻先に迫った。

　顔中を熱気に包まれながら目を凝らし、指で陰唇を広げると、桃色の柔肉はヌメヌメと大量の淫水に潤い、襞の入り組む膣口が息づき、光沢あるオサネもツンと突き立っていた。

　腰を抱き寄せ、柔らかな茂みに鼻を埋め込んで嗅ぐと、甘ったるく濃厚な汗の匂いに、蒸れたゆばりの刺激が混じって、悩ましく鼻腔を掻き回してきた。

「いい匂い」

「あう、ゆうべ刀を突き付けられたとき、少し漏らしてしまったのに……」

雪枝がビクリと反応して呻いた。

新左は美女の匂いを貪りながら舌を差し入れ、淡い酸味のヌメリに迎えられながら膣口を探り、ゆっくりとオサネまで舐め上げていった。

「アア……！」

雪枝が熱く喘ぎ、ヒクヒクと白い下腹を波打たせた。

彼はチロチロとオサネを舐め回しては、溢れてくる淫水をすすり、さらに豊満な尻の真下に潜り込んだ。

顔中にひんやりした双丘を受け止めながら、谷間の蕾に鼻を埋めて嗅ぐと、やはり秘めやかな匂いが鼻腔を悩ましく刺激してきた。

新左は貪ってから舌を這わせ、ヌルッと潜り込ませると、

「く……」

雪枝が呻き、キュッときつく肛門で舌先を締め付けてきた。

彼は滑らかな粘膜を探り、再び陰戸に戻って大量のヌメリをすすり、オサネに

チュッと吸い付いた。

「も、もう堪忍……」

雪枝が息を詰めて言い、ビクッと股間を引き離した。

そして仰向けの新左の股間に顔を移動させ、幹に指を添えた。

粘液の滲む鈴口をチロチロと舐め回し、張り詰めた亀頭を含んでスッポリと喉の奥まで呑み込んでいった。

「アア……」

新左は快感に喘ぎ、彼女の口の中で唾液に濡れた一物をヒクヒクと震わせた。

雪枝も幹を丸く締め付けて吸い、熱い鼻息で恥毛をそよがせながら、念入りにクチュクチュと舌をからめてきた。

さらに顔を上下させ、濡れた口でスポスポと強烈な摩擦を繰り返した。

「き、気持ちいい……」

彼が声を洩らすと、もちろん雪枝は口に受けるつもりはなく、充分に唾液に濡れるとスポンと口を引き離した。

「入れたいわ……」

雪枝が添い寝して言うので、新左も入れ替わりに身を起こした。

股間を進め、唾液に濡れた先端を蜜汁が大洪水になっている陰戸に擦り付け、感触を味わいながらゆっくり挿入していった。

張り詰めた亀頭が潜り込むと、一物はヌルヌルッと滑らかに根元まで吸い込まれていった。

「アアッ……、いい……！」

雪枝が顔を仰け反らせて喘ぎ、すぐにも両手を伸ばして彼を抱き寄せた。

新左も股間を密着させると脚を伸ばして身を重ね、肉襞の摩擦と温もり、締め付けと潤いを味わった。

そして屈み込み、チュッと乳首に吸い付いて舌で転がし、生ぬるく甘ったるい体臭を味わった。

左右の乳首を順々に含んで舐め回すと、さらに腋の下にも鼻を埋め、腋毛に籠もった濃厚な汗の匂いに噎(む)せ返った。

「あう、突いて、強く何度も……」

雪枝が言い、ズンズンと股間を突き上げてきたので、新左も合わせて腰を突き動かしはじめた。

溢れる淫水で、すぐにも律動が滑らかになり、互いの動きも一致してクチュクチュと淫らに湿った摩擦音が響いた。

唇を重ね、ネットリと舌をからめて生温かな唾液をすすると、

「アア……、い、いきそう……」

雪枝が口を離し、ビクッと仰け反りながら喘いだ。

熱く湿り気ある息は肉桂（にっき）に似た匂いを含み、嗅ぐたびに悩ましく彼の鼻腔を刺激してきた。

新左は股間をぶつけるように突き動かし、美女の吐息に高まっていった。

「い、いっちゃう……、ああーッ……！」

すると雪枝が膣内の収縮を活発にさせ、たちまち声を上ずらせてガクガクと狂おしい痙攣を開始した。

激しく気を遣った収縮に巻き込まれ、続いて彼も昇り詰めた。

「く……！」

大きな絶頂の快感を嚙み締めて呻き、熱い大量の精汁をドクンドクンと勢いよく中にほとばしらせると、

「あう、すごい……！」

噴出を感じた雪枝が駄目押しの快感に呻き、キュッときつく締め付けてきた。

新左も心ゆくまで快感を味わい、最後の一滴まで出し尽くすと、徐々に動きを弱めて力を抜いていった。

「ああ……、良かった……」

彼がもたれかかると、雪枝も肌の強ばりを解いて満足げに言い、身を投げ出していった。

まだ膣内は息づくような収縮が繰り返され、刺激された幹がヒクヒクと過敏に跳ね上がった。そして新左は美女の温もりに包まれ、かぐわしい息を嗅ぎながらうっとりと余韻を嚙み締めたのだった。

四

「本当か。では千香もお前と一緒に日野へ帰るのだな」

新左が屯所を訪ねて報告すると、歳三は安心したように頷きながら言った。

「はい。明日にもこちらを発(た)ちます。これが証(あか)しです」

新左は答え、千香から託された差し料の大小を差し出した。

「これを、隊士のどなたかに使って頂きたいと。そして千香さんは、逃げ帰るようで恥ずかしく、合わせる顔がないと言っていました」

「何の、恥ずかしいものか。そのほうがこちらも安心だ」

　歳三が言い、目を上げて春の陽を浴びる障子を見た。

「千香さんも、すっかり憑き物が落ちたように大人しくなりました。それから、髪結いの雪枝さんは堀川屋に住み込むことになりましたので」

「そうか。あそこも女所帯だからな、何かと気にかけておく」

「お願いいたします。堀川屋のことも含め、色々とお世話になりました。明日はご挨拶せずに発ちますので」

「分かった。日野の姉夫婦によろしく言ってくれ」

「はい、伝えます。ではこれにて失礼します。有難うございました」

　新左は手を突いて言い、深々と頭を下げた。

　そして屯所を出て堀川屋に戻ると、彼は帰り支度をした。

　小梅が、湯殿で風呂の準備をしていた。明日には新左と千香が出て行くので、今夜は風呂を用意してくれるようだ。

　雪枝は、もう店に出て甲斐甲斐しく働いている。

　静乃は赤ん坊を連れ、行商から帰った夫とともに堀川屋を去っていった。

「明日には行っちゃうのね」

顔を上げた小梅が涙ぐんで言うと、その可憐な面差しに新左はすぐにも勃起してきてしまった。

「うん、でもまた必ず来ます」

「ほんまに？　その頃は世の中も治まっとるといいわ」

言うと小梅が答えた。もし来ることがあっても、その時は小梅もすでに子持ちになっていることだろう。

「ちょっとだけ、いい？」

新左は言って簀の子に膝を突き、彼女の裾をめくってムッチリした太腿まで露わにして、股間に顔を埋め込んでいった。

「あん……」

小梅は小さく声を洩らしたが、拒みはしなかった。

若草に鼻を擦りつけて嗅ぐと、汗とゆばりの匂いが可愛らしく籠もり、鼻腔を刺激してきた。オサネを舐め回すと、すぐにも生ぬるい蜜汁が溢れて舌の動きを滑らかにさせた。

千香との三人の戯れも夢のように心地良かったが、やはり秘め事は一対一の方がときめいた。まして布団の上ではなく、こうして誰も来ない湯殿というのも興奮が増すものだ。

「アア……、いい気持ち……」

ベソをかいていた小梅も熱く喘ぎはじめ、風呂桶のふちに寄りかかった。

「く……、もう駄目……」

小梅が腰をくねらせて言い、座り込みそうに脚を震わせた。

ようやく彼は味と匂いを堪能して顔を離し、小梅を後ろ向きにさせて裾をめくり、尻を突き出させた。

そして両の親指で、ムッチリと双丘を広げて可憐な薄桃色の蕾に鼻を埋め込んで嗅いだ。秘めやかに蒸れた匂いで鼻腔を刺激されてから、彼は舌を這わせてヌルッと潜り込ませた。

「あう……」

小梅が呻き、肛門で舌先を締め付けてきた。

新左は内部で舌を蠢かせ、滑らかな粘膜を味わいながら、自分も裾をからげて下帯を解き、ピンピンに勃起した肉棒を露わにした。

ようやく顔を離すと、小梅がクタクタと座り込んできた。

それを抱き留め、新左はピッタリと唇を重ねて舌をからめた。

「ンン……」

小梅も熱く鼻を鳴らし、チュッと強く彼の舌に吸い付いてきた。

新左が小梅の手を取り、強ばりを握らせると、彼女も舌を蠢かせながらニギニギと愛撫してくれた。

さらに彼は口を離し、開かせた彼女の口に鼻を押し込んで嗅いだ。

生温かく湿り気を含んだ、甘酸っぱい匂いを胸いっぱいに吸い込むと、もう堪らず絶頂が迫ってきた。

「入れるのは堪忍、まだ仕事がいっぱい残っているから……」

「うん、お口でして」

小梅が言うので新左は答え、身を起こして風呂桶のふちに腰を当て、座っている彼女の顔の前で股を開いた。

彼女もすぐに幹に指を添え、チロチロと先端に舌を這わせ、亀頭にもしゃぶり付いて呑み込んでくれた。熱い鼻息が股間に籠もり、チュッと強く吸い付く口の中では、クチュクチュと舌がからまり、たちまち肉棒全体は清らかな唾液に生温かくまみれた。

　さらに小梅が顔を前後させ、濡れた口でスポスポと強烈な摩擦を繰り返した。

「ああ、気持ちいい、いく……！」

　たちまち新左は昇り詰め、声を洩らしながらドクンドクンとありったけの熱い精汁をほとばしらせてしまった。

「ク……」

　喉の奥を直撃された小梅が呻き、それでも摩擦を続けてくれた。

　新左は快感を嚙み締めながら、心置きなく最後の一滴まで出し尽くし、満足しながら力を抜いていった。

　小梅も動きを止め、亀頭を含んだまま口に溜まった精汁をコクンと飲み込み、彼は締まる口腔にピクンと幹を震わせた。

　やっと口を離すと、小梅は幹を握って動かしながら、鈴口から滲む余りの雫までペロペロと丁寧に舐め取ってくれた。

「あうう、もういいよ、有難う……」

　新左は呻き、過敏にヒクヒクと一物を上下させると、ようやく彼女も舌を引っ込めた。

　彼は座り込み、荒い呼吸と動悸を繰り返しながら小梅の口に鼻を押し付け、果実臭の吐息を胸いっぱいに嗅ぎながら、うっとりと快感の余韻を味わった。

「これで、新左はんに触れるのも最後なのね……」

彼女が言い、とうとう嗚咽（おえつ）してしまった。

新左は彼女の瞼（まぶた）に舌を這わせて熱い涙を味わい、さらに濡れた鼻の穴まで舐め回してやった。小梅の鼻水は、何やら味わいもヌメリも、彼女自身の淫水とそっくりであった……。

五

夜半、多恵が新左の部屋に来て言った。

「お名残惜しいわ。でもこないに勃ってくれて嬉しい……」

雪枝は自分の部屋に引っ込んで休み、小梅は最後の夜なので女同士、千香の部屋で過ごすらしい。

彼は全裸で布団に横たわり、多恵も手早く寝巻を脱ぎ去って添い寝してきた。

彼は湯上がりだが、例により多恵は最後の寝しなに入浴するつもりのようで、まだ全身は汗ばんで甘い匂いを沁み付かせている。

新左は彼女の腋の下に鼻を埋め込み、生ぬるく湿った腋毛に籠もる蒸れた汗の匂いで、甘ったるく鼻腔を満たした。

充分に嗅いでから仰向けの多恵にのしかかり、左右の乳首を交互に含んで舌で転がし、顔中を柔らかく豊かな膨らみに押し付けた。

「アア……」

多恵も熱く喘ぎ、クネクネと身悶えはじめた。

新左は両の乳首を味わい、さらに白く滑らかな熟れ肌を舐め降りていった。

肌は淡い汗の味がし、どこに触れてもビクッと敏感に反応した。

臍を探り、張り詰めた下腹にも顔を押し付けて弾力を味わい、豊満な腰からムッチリした太腿へ降りていった。

足首まで行って足裏も舐め、汗と脂に湿った指の股に鼻を割り込ませると、蒸れた匂いが濃厚に沁み付いていた。

充分に嗅いでから爪先をしゃぶり、指の間に舌を潜り込ませると、

「あう……！」

多恵がビクッと反応して呻き、指で舌を挟み付けてきた。

新左は両足とも味と匂いを貪り尽くすと、股を開かせて脚の内側を舐め上げて

いった。

張りのある滑らかな内腿をたどり、熱気の籠もる陰戸に顔を埋め込んだ。

柔らかな茂みに鼻を擦りつけて嗅ぐと、やはり隅々には濃く蒸れた汗とゆばりの匂いが籠もり、悩ましく鼻腔を刺激してきた。

舌を挿し入れ、かつて小梅が生まれ出た膣口の襞をクチュクチュと掻き回し、淡い酸味のヌメリを堪能し、オサネまで舐め上げていった。

「アア、ええ気持ち……！」

多恵が身を反らせて喘ぎ、内腿でキュッときつく彼の両頬を挟み付けた。

新左は匂いに酔いしれながら執拗に舌を這わせては、溢れる淫水をすすった。

さらに彼女の両脚を浮かせ、白く豊かな尻の谷間にも鼻を埋め込み、顔中で双丘の弾力を味わいながら、蕾に籠もる匂いで鼻腔を刺激された。

舌を這わせてヌルッと潜り込ませ、滑らかな粘膜を味わうと、

「ああ……、駄目……」

多恵が声を洩らし、キュッと肛門で舌先を締め付けてきた。

新左は舌を蠢かせ、ようやく脚を下ろして再び陰戸に戻り、大量のヌメリをすすってオサネに吸い付いた。

「も、もう堪忍、今度は私が……」

彼女が絶頂を迫らせて身を起こすと、新左も入れ替わりに仰向けになった。

大股開きになると、多恵はまず彼の両脚を浮かせ、自分がされたように肛門を舐め回し、ヌルッと潜り込ませてきた。

「あう……」

新左は呻き、モグモグと美女の舌を肛門で締め付けて味わった。

多恵が中で舌を蠢かすと、勃起した一物がヒクヒクと上下した。

脚を下ろすと、彼女はふぐりを舐め回して睾丸を転がし、やがて身を乗り出して肉棒の裏側を舐め上げてきた。

滑らかな舌が先端まで来ると、彼女は幹に指を添え、粘液の滲む鈴口をチロチロと舐め、丸く開いた口でスッポリと喉の奥まで呑み込んだ。

「ああ……、気持ちええ……」

新左は温かな口に根元まで含まれ、幹を震わせて喘いだ。

「ンン……」

多恵も熱く鼻を鳴らし、息で恥毛をくすぐりながら舌をからめ、たっぷりと唾液を出して肉棒を温かく浸した。

さらに顔を上下させ、スポスポと強烈な摩擦を繰り返したので、新左もズンズンと股間を突き上げて絶頂を迫らせた。

「い、いきそう……」

すっかり高まった新左が言うと、多恵もすぐにスポンと口を引き離した。

「上から、ええかしら……」

多恵も彼の好みを知っているので、言うなり身を起こして前進した。

股間に跨がり、先端に濡れた割れ目を押し付け、位置を定めるとゆっくり腰を沈み込ませていった。

たちまち一物は、ヌルヌルッと滑らかに根元まで嵌まり込み、

「アア……、ええわ、奥まで感じる……」

多恵が顔を仰け反らせて喘ぎ、ピッタリと股間を密着して座り込んだ。

新左も肉襞の摩擦と温もりに包まれ、キュッときつく締め上げられて快感を味わった。

やがて彼女が身を重ねてきたので、新左も両膝を立てて豊満な尻を支え、下から両手でしがみついた。

多恵も豊かな乳房を彼の胸に密着させて弾ませ、上から唇を重ねてきた。

舌を差し入れて滑らかな歯並びを舐めると、彼女も歯を開いてネットリと舌をからみつかせた。

新左は生温かく滑らかに蠢く舌の感触を味わい、滴る唾液でうっとりと喉を潤しながら、ズンズンと股間を突き上げはじめた。

「アア……、すごいわ、すぐいきそう……」

多恵が口を離し、唾液の糸を引きながら熱く喘いだ。

新左は、彼女の口に鼻を押し当て、湿り気ある甘い白粉臭の吐息で胸を満たしながら、急激に高まっていった。

激しく股間を突き上げると、ピチャクチャと淫らに湿った摩擦音が響き、溢れる淫水が互いの股間をビショビショに濡らした。

「い、いく……、アアーッ……！」

やがて膣内の収縮も最高潮になり、多恵が先に昇り詰めてしまった。

彼女が声を上ずらせ、ガクガクと狂おしい痙攣を開始すると、続いて新左も絶頂に達した。

「く……、気持ちいい……！」

快感に呻き、彼はありったけの熱い精汁をドクンドクンと勢いよくほとばしらせ、柔肉の奥深い部分を直撃した。

恐らく、これが京で射精する最後となるだろう。

「あう、感じる……！」

噴出を受けた多恵も、駄目押しの快感に呻いてキュッと締め付けた。

新左は股間を突き上げながら心ゆくまで快感を味わい、最後の一滴まで出し尽くしていった。

すっかり満足しながら動きを弱めていくと、

「ああ、良かったわ、ほんまに……」

多恵も声を洩らして熟れ肌の硬直を解き、力を抜いてグッタリともたれかかってきた。

新左は重みと温もりを受け止め、まだ収縮を繰り返す膣内に刺激され、ヒクヒクと内部で過敏に幹を震わせた。そして熟れた美女の甘い吐息を嗅ぎながら、うっとりと快感の余韻を味わったのだった……。


——翌朝、朝餉を済ませると新左は旅の仕度を調えた。

すると座敷の方から、

「すごい。見違えるようだわ……」

小梅の声が聞こえたので、彼も行ってみた。

すると、そこに見知らぬ美女、いや、装いを新たにした千香がいた。

小梅にもらった着物に身を包み、雪枝が結った島田の髪、多恵が施した薄化粧の、何とも見目麗しい美女ではないか。

「ち、いや、姉上ですか……」

新左は言い、あまりの変わりように目を丸くした。

こんな女を嫁に出来たらと心の底から思った。しかし、それには士分の畑中家に見合う男にならねばならない。新左の心に新たな願いが浮かんだ。

千香は恥ずかしげにしながら、手甲脚絆の旅支度をし、笠と杖も多恵からもらって草鞋を履いた。

新左は、彦五郎からもらった大小を帯び、来たときと同じ武士の姿である。

「本当に、お世話になりました。また必ず来ます。皆様お達者で」

新左が言うと、千香も淑やかに深々と頭を下げた。

（色んなことがあったなぁ……）

新左は思った。

僅かの間ではあったが、実に多くの女と知り合い、生涯忘れられない思い出が出来たのである。

この旅で、新左も少しは成長したと自分で思いつつ、彼は千香とともに壬生を後にしたのだった。

そろそろ店を開ける刻限なので見送りは断り、二人はもう一度多恵と小梅、雪枝に辞儀をして歩きはじめた。

少し歩いたところで、

「うわ、新と、まさか千香さん？」

総司と行き合い、彼も千香の姿に驚いて言った。

段だら羽織は二人以上の見回りの時に着るだけなので、今日の彼は絣の着物に小倉の袴姿である。

「沖田さん、お世話になりました」

「今日発つと聞いたので、見送りに来たところです」

千香がモジモジと言うと総司は答え、途中まで一緒に歩き出した。

「いやあ、おんな壬生狼も危ないが、そんな美人では京でなくても、どこへ行っても危ないですよ」

総司は笑って言い、少し咳き込んだ。

「日野へ帰ったら、そろそろ桜が咲く頃じゃないかな。僕も行きたいなあ」

春の風に吹かれながら、総司が言った。

「このまま一緒に帰ってしまいますか？」

「あはは、そんなことをしたら切腹ものですよ」

新左が言うと、総司が答えた。

もちろん『局ヲ脱スルヲ許サズ』などという局中法度がなくても、総司はどこまでも勇や歳三と一緒でいるのだろう。

やがて三条大橋の近くまで来ると、

「じゃここで。お気を付けて」

総司は言って二人を見送り、引き返していった。

そして新左と千香も、東へ向かって歩きはじめた。

「新、着物は歩きにくい……」

「大股でなく、女らしく歩くと良いですよ。それから言葉遣いも」

二人きりになると千香が言うので、新左は苦笑して答えた。

「日野に帰ったら、みんな驚くだろうなあ」

新左は言ったが、その前に今宵の宿が楽しみだった。

生娘（きむすめ）でなくなり、快感に目覚めたばかりで、しかも女に戻った千香は、きっと激しく燃えることだろう。

そう思うと勃起しはじめ、新左も歩きにくくなってしまったのだった。

一〇〇字書評

切・り・取・り・線

購買動機（新聞、雑誌名を記入するか、あるいは○をつけてください）	
□（　　　　　　　　）の広告を見て	
□（　　　　　　　　）の書評を見て	
□ 知人のすすめで	□ タイトルに惹かれて
□ カバーが良かったから	□ 内容が面白そうだから
□ 好きな作家だから	□ 好きな分野の本だから

・最近、最も感銘を受けた作品名をお書き下さい

・あなたのお好きな作家名をお書き下さい

・その他、ご要望がありましたらお書き下さい

住所	〒				
氏名		職業		年齢	
Eメール	※携帯には配信できません	新刊情報等のメール配信を 希望する・しない			

この本の感想を、編集部までお寄せいただけたらありがたく存じます。今後の企画の参考にさせていただきます。Eメールでも結構です。

いただいた「一〇〇字書評」は、新聞・雑誌等に紹介させていただくことがあります。その場合はお礼として特製図書カードを差し上げます。

前ページの原稿用紙に書評をお書きの上、切り取り、左記までお送り下さい。宛先の住所は不要です。

なお、ご記入いただいたお名前、ご住所等は、書評紹介の事前了解、謝礼のお届けのためだけに利用し、そのほかの目的のために利用することはありません。

〒一〇一－八七〇一
祥伝社文庫編集長　坂口芳和
電話　〇三（三二六五）二〇八〇

祥伝社ホームページの「ブックレビュー」からも、書き込めます。

www.shodensha.co.jp/bookreview

祥伝社文庫

壬生(みぶ)の淫(みだ)ら剣士(けんし)

令和 2 年 2 月 20 日　初版第 1 刷発行

著　者　睦月影郎(むつきかげろう)

発行者　辻　浩明

発行所　祥伝社(しょうでんしゃ)

東京都千代田区神田神保町 3-3

〒 101-8701

電話　03（3265）2081（販売部）

電話　03（3265）2080（編集部）

電話　03（3265）3622（業務部）

www.shodensha.co.jp

印刷所　萩原印刷

製本所　ナショナル製本

カバーフォーマットデザイン　中原達治

ISBN978-4-396-34605-8 C0193

祥伝社文庫　今月の新刊

大下英治
百円の男　ダイソー矢野博丈
「利益が一円でも売る！」ダイソー創業者の波瀾万丈の人生とその経営哲学に迫る！

笹沢左保
断崖の愛人
「妻は幸せのために自分の心すら殺す」幸せに執着する男と女の愛憎を描いたミステリー。

黒崎裕一郎
必殺闇同心　人身御供（ひとみごくう）　新装版
色狂い、刀狂い、銭狂い——悪党どもの犠牲となった民の無念を、仙波直次郎が晴らす！

睦月影郎
壬生（みぶ）の淫ら（みだら）剣士
「初物、頂いてよろしおすか？」無垢な若者新左（しんざ）は、京女から性の悦びを知ることに。

有馬美季子
はないちもんめ　世直しうどん
横暴な札差（ふださし）が祝宴で毒殺された。遺産を狙う縁者全員に疑いが……。人気シリーズ第六弾。